World Literature

5000 年人类智慧的结晶

150 千字浓缩世界文学的精华

400 多幅精美图片全方位展示

构筑成一座异彩纷呈的世界文学博物馆

轻松了解辉煌灿烂的世界文学

开始一段提高文学修养与人生品位的读书之旅

世界文学 5000 年

Five Thousand Years of World LITERATURE

刘琳 何英娇 编著

光明日报出版社

图书在版编目（ＣＩＰ）数据

世界文学 5000 年 / 刘琳，何英娇编著 . —2 版 . —北京：光明日报出版社，2005.1（2025.1 重印）

ISBN 978-7-80145-922-0

Ⅰ . 世… Ⅱ . ①刘…②何… Ⅲ . 文学史 – 世界—通俗读物 Ⅳ .I109–49

中国国家版本馆 CIP 数据核字 (2004) 第 141436 号

世界文学 5000 年

SHIJIE WENXUE 5000 NIAN

编　　著：刘　琳　何英娇			
责任编辑：李　娟		责任校对：徐为正	
封面设计：玥婷设计		封面印制：曹　净	

出版发行：光明日报出版社

地　　址：北京市西城区永安路 106 号，100050

电　　话：010–63169890（咨询），010–63131930（邮购）

传　　真：010–63131930

网　　址：http://book.gmw.cn

E – mail：gmrbcbs@gmw.cn

法律顾问：北京市兰台律师事务所龚柳方律师

印　　刷：三河市嵩川印刷有限公司

装　　订：三河市嵩川印刷有限公司

本书如有破损、缺页、装订错误，请与本社联系调换，电话：010–63131930

开　　本：170mm×240mm

字　　数：150 千字　　　　　　　　印　张：12

版　　次：2010 年 1 月第 2 版　　　印　次：2025 年 1 月第 4 次印刷

书　　号：ISBN 978-7-80145-922-0

定　　价：33.80 元

前言

Preface

Five Thousand Years of World Literature

　　为了让读者轻松了解和学习世界文学知识，我们组织编写了这部《世界文学5000年》。本书具有以下特色：

　　一、简明体例，经典内容。本书一改以往很多文学史类图书平铺直叙、长篇累牍的呆板形式，采用故事体讲述世界文学的发展概况。100多个关于文学大师、经典名著的小故事，以时间为线索，全面展示世界文学的方方面面。语言风格通俗易懂、情节妙趣横生，带给读者一种全新的感受，使读者在轻松的阅读中了解和掌握世界文学。

　　二、百科理念，知识全面。本书利用版式设计与编写体例的巧妙结合，设置了"文学小辞典"、"佳作赏析"、"延伸阅读"、"作者年表"等栏目，对世界文学重要的专业词汇、文学流派等内容进行解释、总结或延伸，辅助读者理解正文内容，同时力求在有限的篇幅中尽量完整地展现世界文学的各个方面和丰富内涵；附录中的"世界文学大事年表"帮助读者一目了然地了解世界文学发展脉络。此外，编者还精心编写了贯穿全书的八个"专题"——文学课堂，通过"文学课堂"讲解世界文学不同时期的发展概况、特点及代表作家、代表作品。本书丰富的栏目设计，充分体现了百科全书的编辑理念，以满足读者寻检查阅、浏览涉猎、开阔眼界、增长见识、系统学习的需求。

　　三、精美插图，展现多彩的文学世界。本书所选的400余幅插图，既有各时代文学大师的肖像、手迹、作品初版本，也有反映经典名著的各类艺术作品，多角度诠释世界文学，拉近读者与文学家和经典名著间的距离。

　　四、版式美观，彰显文化与艺术品质。本书的版式设计，注重文化与艺术的有机结合，通过图文的配合，营造出一个轻松亲切的阅读空间，使读者能深切感受到文学与历史、文学与艺术之间的内在联系，提升个人的文学修养。

　　《世界文学5000年》无论体例编排还是整体设计，都注重人文色彩与艺术理念的有机结合，通过文化的力量与图画的魅力为读者营造一个亲切的、美妙的文学殿堂，陪伴读者开始一段精彩愉快的读书之旅。

Contents 目录

世界文学 5000 年

Contents 世界文学5000年 目录

文学课堂

扫码获取更多资源

文学世界的典范

HOMERIS EPIC POEMS

荷马史诗

荷马史诗被公认为西方文学的滥觞，而荷马也理所当然地成为西方文学的鼻祖。然而关于荷马的生平，古代传下来的史料却很少，而且极不确切。甚至有人对于荷马其人的真实性也存有疑问，因为从词源上看，荷马很可能并不是专有的人名，而是"人质"、"瞎子"的意思。作为传说中的**古希腊两大著名史诗《伊利亚特》（又名《伊利昂记》）和奥德修记（又名《奥德赛》）**的作者，荷马更有可能只是它们的最初或最好的综合加工者，此后两大史诗还在许多古代学者的改动下最终形成了今天我们所看到的版本。

根据史诗的语言和它所描写的内容来看，今天人们一般认为荷马大约生活在公元前 9 到 8 世纪之间，出生在伊奥尼亚——爱琴海东岸的一个小地方。作为当时流行的游吟诗人中的佼佼者，他的情况应该与《奥德修记》里那位经常带着竖琴在各地吟唱特洛伊战争中英雄事迹的朗诵诗人谛摩多科斯相近。

《伊利亚特》讲述的是人们耳熟能详的特洛伊战争进行到第十年时的一个片段，当时的希腊人把特洛伊称为"伊利昂"，因

荷马吟诵史诗图
荷马正在爱奥尼亚一条大路旁，一边演奏竖琴，一边吟唱歌颂特洛伊英雄的史诗。

此这部史传也名为《伊利昂纪》。全诗分为 24 卷，共 15963 行。

不和女神阿瑞斯因对自己没有被邀请参加阿喀琉斯父母的婚礼而怀恨在心，她将一个金苹果放在宴会桌上，上面写着"给最美的女神"，这引起了赫拉、雅典娜和阿佛洛狄忒三位女神的争抢。宙斯让她们去找特洛伊王子帕里斯评判，结果帕里斯把金苹果判给了阿佛洛狄忒，因为她答应让帕里斯娶到世间最美的女人。阿佛洛狄忒帮助帕里斯骗走了斯巴达王墨涅拉俄斯的妻子——美丽的王后海伦，从而爆发了特洛伊与希腊之间长达 10 年之久的战争。在战争中，希腊联军统帅阿伽门农和阿凯亚部族中最勇猛的首领阿喀琉斯为争夺一个被掳获的女子而反目，阿喀琉斯愤而退出战斗。由于失去了最勇猛的将领，希腊无法战胜特洛伊人，一直退到海岸边，还是抵挡不住伊利昂城主将赫克托尔的凌厉攻势。

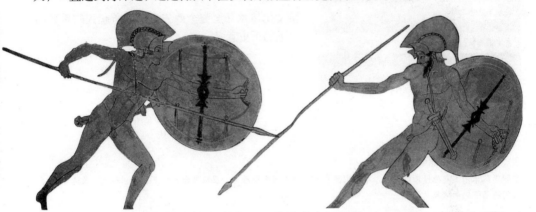

阿喀琉斯的密友帕特罗克洛斯拿了阿喀琉斯的盔甲前去战斗，打退了特洛伊人的进攻，但自己却被赫克托尔所杀。阿喀琉斯十分悲痛，决心亲自出战，为亡友复仇。他终于杀死赫克托尔，并把赫克托尔的尸首带回营帐。伊利昂的老王、赫克托尔的父亲冒险来到阿喀琉斯的营帐赎回了儿子的尸首，双方暂时休战，并为赫克托尔举行了盛大的葬礼。《伊利亚特》这部围绕伊利昂城的战斗的史诗，告一段落。

《奥德塞》描写的是希腊英雄奥德修斯在特洛伊战争结束后还乡的故事。史诗分 24 卷，共 12110 行。

赫克托尔死后，围绕伊利昂城的战争继续进行。阿喀琉斯被帕里斯射死。希腊英雄奥德修斯献计制造了一只巨大的木马，内藏伏兵，特洛伊人把木马拖进城中，结果在夜晚希腊人里应外合，攻下了伊利昂城，结束了这场历经 10 年的战争，木马计的传说正是由此而来。奥德修斯在回国途中遇到种种艰难险阻，历经 10 年颠沛流离才回到家乡。他装

英雄之间的决斗
内心燃烧着复仇的欲望，阿喀琉斯（左）正向特洛伊最高贵的武士赫克托尔（右）猛刺过去。荷马史诗对特洛伊战争的描述，没有好人与坏人的判断。杀死赫克托尔的阿喀琉斯是英雄，同样，被杀的赫克托尔也是英雄。

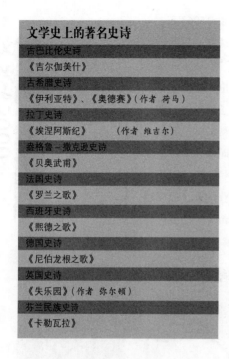

扮成乞丐进入王宫，同儿子一起杀死了那些向他妻子求婚的人，处死了私通求婚者的奴隶，一家人终于团聚。奥德修斯也重新成为伊塔克岛上的国王。

荷马史诗中充满了瑰丽的神话和不朽的传说，淳朴典雅的语言、生动形象的比喻使它不仅成为西方文学史上最早的优秀作品，也是研究古希腊早期社会重要的历史性文献。正如柏拉图在《理想国》中所说，**"荷马教育了希腊人"，而事实上，它也是整个西方文化的源头。** 由此我们也可以看出荷马史诗在希腊文化传承乃至整个西方世界中所起到的重要而深远的历史意义。

表现特洛伊战争的想象图
希腊军队采用了奥德修斯的计策，军士们藏在巨大的木马之中进城，里应外合，攻下了伊利昂城，长达10年之久的特洛伊战争结束。

RAMAYANA

古印度史诗

罗摩衍那

印度文明是世界上最古老的文明之一，作为古印度两大史诗之一的《罗摩衍那》（另一首为《摩诃婆罗多》），不仅在印度文学史上占据着崇高的地位，而且对整个南亚地区的文化和宗教都产生过广泛而深远的影响。

"罗摩衍那"的字面意思是"罗摩的游历"，即罗摩传、罗摩的生平。史诗讲述了阿逾陀城的王子、国王罗摩的传奇故事，其中贯穿了宫廷阴谋和罗摩夫妻间的悲欢离合。

它的作者跋弥，或称伐尔弥吉，翻译过来是蚁垤的意思。传说他静坐修行数年而一动不动，无数的蚂蚁在上面筑巢生息，身体成了蚂蚁窝，所以叫作蚁垤。有人

15世纪《罗摩衍那》图画

此图反映了昏迷的罗摩被自己的兄弟救醒的情景。

说他是古代的仙人，或是金翅鸟的儿子，还有人说他是一个语法学家。当神的使者向他讲述了英雄罗摩的故事后，资质平庸的蚁垤却无法将它记录下来。直到有一天他看到一只雄麻鹬被猎人射死，雌麻鹬因惊恐与悲哀而惨叫不止，面对此情此景，悲愤不已的蚁垤突然脱口而出合辙押韵的话语，一种优美、和谐的诗体就此奇迹般地诞生了，这就是被后人称为输洛迦的短颂体。蚁垤正是用这种诗体创作出了史诗《罗摩衍那》。

史诗《罗摩衍那》成书于公元前三四世纪至公元二世纪之间。由童

神猴哈奴曼的石雕

在《罗摩衍那》中，哈奴曼是会飞的神猴，他帮助罗摩征讨罗刹国。造桥过海，接回了罗摩的妻子悉多。

年篇、阿逾陀篇、森林篇、猴国篇、美妙篇、战斗篇和后篇7部分组成，总计500余章，24000颂，译成汉语近90000行。事实上如此宏大的作品绝非一人一世所作，而应该是在民间口头创作的基础上，经过数代诗人与歌手的千锤百炼才逐渐完善形成的，它是古代印度人民集体智慧的结晶。史诗完整的故事情节说明有一位诗人曾对史诗进行过全面系统的整理加工，也许他就是蚁垤。

阿逾陀城十车王的三位王后喝下灵验的种粥，分别生下由毗湿奴托生的四个化身：罗摩、婆罗多和双胞兄弟罗什曼那、沙多卢那。长大成人的罗摩到弥提罗城参加国王的祭典，得知湿婆神弓的来历并爱上了美丽的女子悉多。罗摩拉断神弓，赢得悉多，并请十车王主持了婚礼。国王想让罗摩继承王位，却因被迫遵守与二王后立下的诺言而立婆罗多为太子，并将罗摩放逐14年。罗摩被放逐到森林里，楞伽城十首罗刹王罗波那因悉多的美貌而劫持了她。悉多抵御住百般引诱，发誓忠于罗摩，因而被无奈的罗刹王囚禁在后宫的无忧园中。罗摩遇到神猴哈奴曼，并在它的帮助下发现了悉多的囚禁处。

罗摩率猴军兵临楞伽城下，经过激烈的战斗，终于砍下了罗波那的头颅。罗摩与悉多团圆，然而罗摩却怀疑妻子的贞操。悉多投火自尽，火神将她从火里托出，验明了她的贞洁。

延伸阅读

《摩诃婆罗多》：印度古代的《摩诃婆罗多》和《罗摩衍那》两部史诗的合称。它们约形成于公元前4世纪到公元4世纪的八百年间，长期在民间流传，主要颂扬传说中的民族英雄业绩，表现了光明战胜黑暗、正义战胜非正义的主题。《摩诃婆罗多》的作者相传是广博仙人，题目的意思是"伟大的婆罗多族的故事"，全诗约10万颂（每颂两行，每行16个音），共分18篇，是世界上已有写本的最长史诗。主要写了婆罗多的后代堂兄弟之间为争夺王位和国土而进行的斗争和战争。

史诗把罗摩作为一个理想的英雄人物来加以歌颂，而悉多则是贞节的化身，是印度妇女的象征。千百年来，印度人对《罗摩衍那》充满了崇敬之情：人们将罗摩看作神灵，每当表示问候与祝福的时候都会连呼"罗摩"！圣雄甘地遇刺身亡前说的最后一句话正是"啊，罗摩"！这几个字也成了他的墓志铭。而最受尊崇的妇女形象则非悉多莫属，她的忠贞和贤良对印度人产生了极为深远的影响。此外，印度广泛流传的猴子崇拜也与神猴哈奴曼有着千丝万缕的关系。

我国研究印度文学与历史的著名学者季羡林先生认为，《罗摩衍那》中精致细腻、彩绘雕饰的诗章体现了史诗向古典梵语文学的过渡，其和谐的形式与完美的叙事一同构成了印度文学史上的重要篇章，它不仅是印度人的文学瑰宝，更是属于全世界的珍贵的历史文化遗产。

罗摩和悉多团聚以后，一起去造访蚁蛭仙人的情景。

1001 NIGHTS
东方传奇
一千零一夜

《一千零一夜》（约 8 ~ 16 世纪）是中古阿拉伯的一部民间故事集，也是世界文学史上最优秀的民间故事集之一，在我国被译为《天方夜谭》。它吸收并结合了大量中东、近东地区的民间故事，带有浓厚的东方情调和浪漫主义色彩。苏联作家高尔基认为它**"以非凡的完美表现出东方各国人民绚丽多彩的幻想的惊人力量"**，是阿拉伯人民智慧的结晶。

"没有夜，便没有《一千零一夜》。" 全书故事中的第一夜串联起了另外的一千个夜晚，将众多纷繁复杂的独立故事有效地组织在一个井然有序的整体中。

开篇故事就充满了离奇光怪的味道。到外面游历的山鲁亚尔国王和他的兄弟在路上被一位曾被魔鬼强暴的美女俘获，为了报复，她暗地里与五百七十个过路的男子交欢。山鲁亚尔国王与他的兄弟被迫成为她的第五百七十一、五百七十二个情人。美女的行为激起了山鲁亚尔对女人的怨恨，回宫后立即杀掉了皇后和宫女们。从此山鲁亚尔夜娶一妻，日杀一妻，整个王国都笼罩在恐惧之中。

"我要牺牲

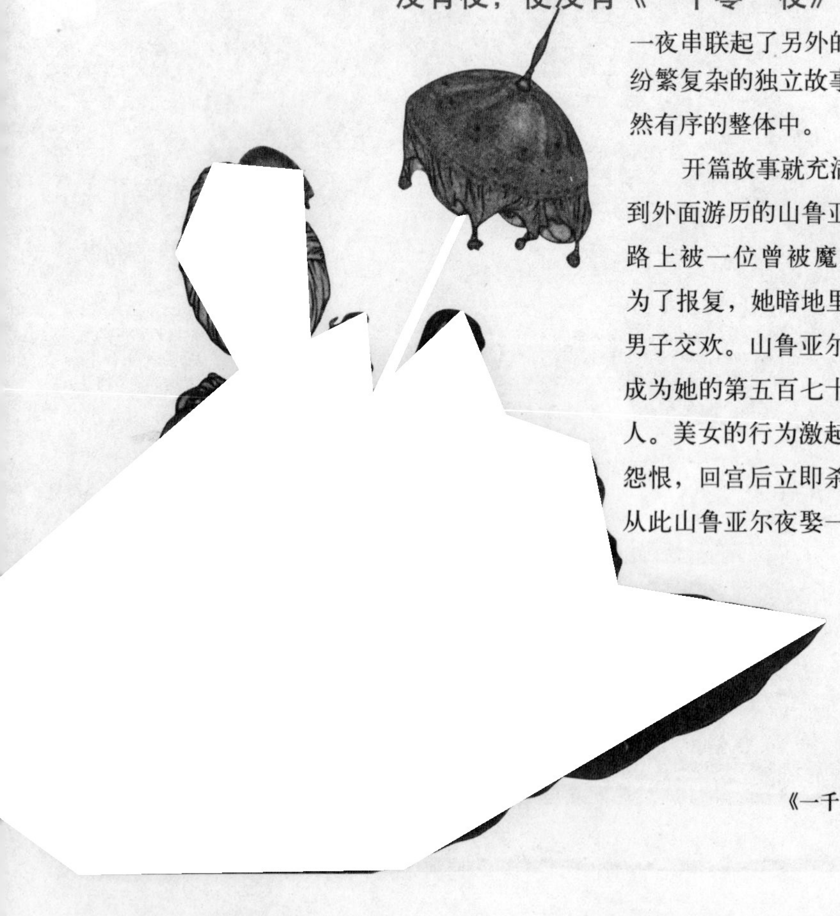

《一千零一夜》阿拉伯版本插图

自己，拯救千千万万个姐妹。" 天生丽质的山鲁佐德以自己的生命为赌注同山鲁亚尔国王周旋。她每夜给国王讲一个故事，总是到最关键的时候天亮了，山鲁亚尔为了听到故事的全部就无法杀掉山鲁佐德，直到她讲到第一千零一个故事，国王终于被感动，从此不再乱杀无辜，与山鲁佐德过上了幸福的生活。

山鲁佐德所讲的故事内容丰富而广泛，奇闻轶事、神话传说、冒险经历、童话寓言无所不包，并在其中隐含着道德上的教义。

"阿拉丁和神灯的故事"是《一千零一夜》中脍炙人口的名篇。故事中有一盏无比神奇的神灯，只要轻轻一擦，就会有一个可怕的巨神从灯中冒出来，神灯主人向它提出任何愿望都会立刻得以实现。神灯帮助穷裁缝的儿子阿拉丁与他真心相爱的公主结合到一起，但就在阿拉丁做了驸马以后，神灯被万恶的魔术师骗去，公主和宫殿全都不见了。勇敢的阿拉丁历尽艰难，打败魔术师，救出公主，夺回神灯。

"阿里巴巴和四十大盗"中忠厚老实的樵夫阿里巴巴偶然间发现了强盗的宝库，并得知了开门的暗语"芝麻开门"，因此得到了无数的财宝。他的哥哥也去盗宝，却忘了出门的暗语而困在洞中，被强盗杀死。强盗们查到阿里巴巴的住处，两次在门口做上记号，机敏的美加娜在所有的门上画上同样的记号，让强盗的报复无法得逞。强盗首领让他的部下藏在三十七个油瓮中，只有第三十八个油瓮装满了菜油。美加娜再次识破了强盗的阴谋，将菜油烧沸，浇进其他瓮中，烫死了其余的强盗，只有匪首一人逃脱。匪首乔装打扮后来到阿里巴巴的家中，又被机智的美加娜识破，趁献舞之际，亲手杀死了匪首。

"辛巴达航海旅行的故事"是《一千零一夜》中最富代表性的作品。出生在富商之家的辛巴达喜好冒险和远航，他第一次远航归来所赚得的钱就比父亲留下的遗产还多。经不起"欲望的力量"诱惑的辛巴达先后六次出海，到过世界上的许多地方，最后一次还来到了中国。辛巴达冒着生命的危险出海的目的只有一个——发财。辛巴达的航行九死一生，他曾四次沉船落水，三次流落荒岛，还遭受了巨鹰、风暴、巨人、妖怪、巨蟒的

美文再现

然后她沉默不语了，国王山鲁亚尔于是说道："呵，山鲁佐德，这真是一个令人赞美的动人的故事！呵，故事充满智慧，你教会我许多东西，使我明白了每个人都是由命运所支配的，你让我思考已经故去的国王和先人们说过的话：你告诉了我许多新奇的故事，现在我的灵魂改变了，充满了欢乐，它充满了对生活的渴望。我感谢真主，他给了你的嘴如此雄辩的力量，使你的容貌充满了如许的智慧！……呵，山鲁佐德，我向真主发誓，在这些孩子来到之前，你已经在我心里了。他给了你才智，你用它们赢得了我的心；我真心真意地爱你，因为我发现你纯洁，天真，敏感，雄辩，谨慎周到，充满微笑，聪明机智。愿安拉保佑你！我亲爱的，你的父母，你的家族和后代！呵，这一千零一夜比白天还要亮堂！"——《一千零一夜》"尾声"摘选

阿拉伯文版的《一千零一夜》
封面

目前中国最权威的《一千零一夜》
译本是回族阿拉伯语的翻译家纳
训先生译的六卷全译本,名为《天
方夜谭》。

袭击,最后都化险为夷,平安返航。冒险带来
了巨额的财产,辛巴达晚年过着富比王侯的优
越生活。辛伯达代表了阿拉伯帝国上升时期百
折不挠的进取精神:去吧,勇往直前,宇宙间
到处有你栖身之地。

《一千零一夜》生动地描绘了中古阿拉伯
世界的社会生活,色彩斑斓,形象逼真,是一
部瑰丽多姿的阿拉伯历史画卷。它引人入胜的
故事,流畅通俗的语言,对事物鲜明的爱憎,
对理想热烈的追求,吸引着全世界一代又一代
的读者,成为世界文学宝库中的一颗璀璨明珠。

《天方夜谭》原版书插图

"阿里巴巴和四十大盗"中,女仆美加娜在强盗藏身的油瓮中浇了滚烫的油,帮助阿里巴巴顺
利脱险。

CHIVALRY

荣誉高于一切的 骑士精神

说到中世纪的骑士文学，就不能不提骑士制度。它是在当时西欧封建制度完全确立，封建主阶级在政治、经济上的统治地位日益巩固的情况下应运而生的，它与教会相辅相成，构成中世纪欧洲社会的两大精神支柱。但骑士文学与教会文学却是截然对立的，它更具体而鲜明地反映了封建主阶级的精神需求。可以这样说，骑士制度来源于封建制度，而"骑士文学"则来源于骑士制度。

在中世纪的欧洲，各个封建领主之间常有武力冲突，领主们养了许多骑士用以自卫。刚开始骑士的尚武精神是比较强烈的，因为骑士一方面要用武力保护领主，一方面他们还要进行无休无止的宗教战争和封建战争。但从 12 世纪起，随着封建社会的进一步完善和巩固，贵族骑士开始变得腐化堕落，在空虚与无聊中，他们把自己的心思更多地放到谈吐、服饰和仪表上来。骑士们都把获得贵妇人的宠爱当作最大的荣耀，并由此标榜他们所谓的献身精神。正是在这样的大背景下，

宫廷中产生了一种贵族式的

骑士画像

骑士出身于拥有爵位及土地的贵族家庭，并有自己的组织——骑士团。他们从小习武，学成后要参加神圣的宣誓活动，全身沐浴以表明身心已被净化，最后由领主封为骑士。骑士所忠于的信条是：忠君、护教和行侠。他们不仅要对主人忠心耿耿，更要效忠和保护女主人，女主人是骑士心目中的圣母。

文学，以描写骑士爱情、冒险和道德为主要内容，这就是所谓的"骑士文学"。

　　12 至 13 世纪是欧洲骑士文学的繁荣期，而其中又以法国为最盛。现在我们所能看到的骑士文学主要包括骑士抒情诗和骑士叙事诗两种。

　　人们把法国南部的骑士抒情诗称作"普罗旺斯抒情诗"。

文艺小辞典

教会文学：欧洲中世纪文学按性质分为教会文学、史诗与谣曲、骑士文学和城市市民文学。教会文学是公元 5 世纪至 10 世纪欧洲唯一的书面文学。主要指当时的教士和修士写出的文学作品，使用的文字主要为拉丁文、希腊文、教会斯拉夫文。基本体裁有基督故事、圣徒传、祷告文、赞美诗、宗教叙事诗、宗教戏剧等。大多取材于《圣经》，描写上帝万能、圣母奇迹、圣徒布道和信徒苦修等，用来宣传宗教教义，鼓吹禁欲主义和来世思想。

普罗旺斯抒情诗最常用的题材是爱情，中世纪骑士心目中的"典雅爱情"主要是指男人要为女人献身并服从于女人，女人则更多看中的是男人所谓的典雅的品德，而男人博得女人爱情的过程，也正是他"典雅品德日臻完善"的过程。通常骑士们要举行比武较量，为观赏台上的贵族小姐奋力出战。骄傲的骑士入场时不仅带着头盔与盾牌，还随身藏着他们所钟情的贵妇人的一件饰物，可能是一条丝巾、一块手帕，或是一片披肩，胜利的骑士将有幸亲吻他最钟爱的女人。当时的社会风气是，女人可以因为男人的财富而与之结婚，却与自己心仪的别的男人暗中相好。由此而来，绝大多数的骑士总是把他们的爱情献给了妻子以外的女人，或是别人的妻子，这样看来"典雅爱情"原本也不过就是骑士们借以掩盖其淫乱、放荡的借口而已。

　　创作骑士抒情诗的人往往是贵族，也可能是封建社会帮闲的宫廷诗人或弦歌诗人。普罗旺斯的诗歌形式多半借助民歌演化而成。其中有短歌、感兴诗、牧歌、小夜曲、破晓歌等。尤以"破晓歌"著名，这是一种描写骑士与贵妇夜晚幽会后在黎明惜别之情的诗歌，被恩格斯称赞为普罗旺斯抒情诗的精华。

　　北方骑士文学的主要成就是骑士叙事诗，创作这种诗歌的诗人被称作"特鲁维尔"，即行吟诗人的意思。骑士叙事诗一般篇幅较长，也是以描写对贵妇人的爱情以及为爱情冒险、牺牲为主题。

　　骑士叙事诗中以描写不列颠王亚瑟和他的圆桌骑士的作品最多，其中又以法国的克雷提安·德·特洛阿所写的故事最为著名。特洛阿笔下的亚瑟王讲究优美典雅的礼节，骑士都云集到他的宫里，兰斯洛特更是风流倜傥，成为完美男人的化身。他们都对美丽的贵妇人爱慕无比，崇拜至极，到各地去冒险以博得她们的宠幸。特洛阿极力美化、粉饰骑士生活，即令人向往，又让人觉得虚妄。

　　骑士文学中也不乏表现出一定反封建精神的优秀作品，比如流传很广的《特里斯丹和伊瑟》。作品描写的是康瓦尔王马尔克委派特里斯丹到爱尔兰迎娶公主伊瑟，二人在归途中误饮催生情感的魔汤，由此产生了不可遏制的爱情。伊瑟虽然同马尔克结了婚，但却一心地爱着特里斯丹，马尔克对他们进行了种种迫害，却始终不能阻止他们的爱情，最后一对有情人双双悲惨地死去。作品赞美了真诚美好的爱情，脱离了所谓的骑士精神的无聊和局限，表现出真挚可贵的人文色彩，因而一直被后人所传诵。

骑士之梦　拉斐尔　意大利
骑士文学的兴起也给艺术领域带来了新的创作题材，很多当时的绘画大师都创作了大量的以骑士为内容的作品。

诗文合璧的不朽名著
源氏物语

THE TALE OF GENJI

日本古代文学的顶峰之作，物语文学最辉煌的成就——《源氏物语》大约成书于公元 1001 至 1008 年间，**是世界上最早的长篇写实小说。**

《源氏物语》的作者紫式部（约 978 ～ 1014）据考证原姓藤原，本应称为藤式部，因她在《源氏物语》中成功塑造紫姬这一形象，给读者留下极为深刻的印象，故人们将《源氏物语》称为"紫物语"，将作者称为"紫式部"。紫式部的祖父和父兄都是日本的著名诗人，她本人也对中国古典文学了熟于胸。紫式部青年寡居，后入宫任天皇妃子的女官，为皇妃讲解汉籍，并在宫廷中写下这部浩繁巨制。

《源氏物语》以日本平安王朝的全盛时期为背景，通过主人公源氏的生活经历和爱情故事，描写了当时社会的腐败政治和淫乱生活。其中上层贵族

紫式部画像
紫式部出身书香门第，自幼学习汉诗汉文，从《诗经》到《白乐天文集》，她的中国文化修养已达到很高境界。

日文版《源式物语》插图

之间的互相倾轧和权力斗争，以及源氏的爱情与婚姻是贯穿全书的两条主线。

《源氏物语》篇幅浩瀚，共分三部，54回，近百万字。故事涉历皇家贵族三代，跨越70余年，所涉及的人物440多位，形象鲜明者就有二三十人。其中大量引用汉诗，以及《诗经》、《礼记》、《战国策》、《史记》等中国古籍史实和典故，因此读起来具有浓郁的中国古典文学气氛，行文典雅，极具散文韵味。

主人公光君是桐壶天皇和身份低微的更衣所生之子，三岁时母亲去世。天皇将其降为臣籍，赐姓源氏。源氏少时娶左大臣之女葵姬为妻，但他到处偷香窃玉，迷上酷似母亲的后妃藤壶母后，发生乱伦关系，并生下后来的冷泉帝。源氏在家中收养长相酷似藤壶的少女紫姬，葵姬产后死去，源氏立紫姬为正室。父皇桐壶帝去世，源氏及左大臣失势，藤壶削发为尼，以保护冷泉的太子地位。右大臣将源氏流放须磨，两年后冷泉帝即位，源氏获释回京，重掌大权，从此过起极其享乐的生活。第一部分至此结束。

桐壶帝之子、源氏之兄朱雀帝去世前，将三公主托给源氏。源氏娶她为妻，引起紫姬不满。三公主与大臣柏木私通，生下薰君。柏木忧惧而死，三公主遁入空门。不久紫姬也在忧郁中凄惨地病死。源氏见自己所钟爱的女人或死去或遁入空门，万念俱灰，终于落发出家，不久死去。第二部分至此结束。

文海小辞典

物语文学： 物语文学是日本特有的文学体裁，它大约出现于9世纪末或10世纪初的日本平安朝。"物语"在日语中有将发生的事向人们仔细讲叙的意思。物语文学最早是故事传说、传奇之类的文学作品的概括性总称，后演变为小说。小说这种体裁在日本不同时期有不同的叫法：古代叫"物语"，近代称"草子"、"草纸"、"双纸"，明治以后统称"小说"。

长大后的薰君对自己的身世心存怀疑，消极厌世，整日读经求道。他与源氏的外孙匂亲王一同爱上了贵族之女浮舟，浮舟夹在两个贵公子之间痛苦万分，投水自尽被救，后出家为尼。此部分因所述多发生在宇治，又称"宇治十贴"。其内容看似与源氏无关，但作者自有其良苦用心，这便是荣华富贵、富贵报应和报应信佛这一贯穿全篇的线结构索。

　　《源氏物语》是日本民族不朽的国民文学，也是一部享誉世界的文学名著。紫式部以其女性所特有的敏感和细腻，向我们展示了日本平安王朝时期社会现实的残酷和男女爱情的悲剧。如果说《金瓶梅》是中国封建社会的百态图册，那么《源氏物语》就是日本贵族社会的全景写真，女人是男人博弈交易的商品。

　　与它的巨大声誉相仿，《源氏物语》的争议也是延续不断。有人认为它是一部历史传奇，因为书中的人物都有原型；有人认为它宣扬了惩恶扬善、教化众生的道德观；还有人认为它是淫秽之书，内容荒诞无稽，紫式部应该下地狱。对一部书的认识如此不同，这在世界文学历史中也属罕见。

　　《源氏物语》在日本文学史上的地位，相当于《红楼梦》在中国文学史中的地位。正像不读《红楼梦》就等于不了解中国文学一样，**如果不读《源氏物语》，也就无法深入了解日本文学甚至日本这个民族**。中国的《红楼梦》研究已经形成了一门专门的"红学"，同样，《源氏物语》的研究在日本也形成了一个专门的学科，这就是"源学"。

《源氏物语》屏风画

欧洲城市文学代表

列那狐传奇

REYNARD THE FOX

　　在中世纪的欧洲，能与教会文学、骑士文学并立，并取得长足发展和卓越成就的便是市民文学。其中，一只名叫列那的小狐狸成了主角，以它命名的故事诗是欧洲中世纪市民文学的重要成果。

　　在公元 9 到 10 世纪之间，法国民间，尤其是城市中开始广泛流传一些关于小动物的故事，这就是一批以列那狐为中心形象的故事诗，到了 12 世纪 70 年代时逐渐形成为一组丰富而系统的故事集——《列那狐传奇》。**故事集共由 20 多个小故事组成，描写了以狐狸列那为主角的动物世界的故事**，这些看似描写动物的故事实际上暗合了人类封建社会的现实一面。故事中的动物都被赋予了当时社会中人的本性——狮子代表着最高统治者国王；狼和狗熊是掌握国家权力的大臣；鸡、麻雀、乌鸦、猫这些弱小动物则只能是野兽王国中的下层民众。代表小贵族市民的狐狸列那虽然在故事中的身份是男爵，但在与狮子、狼、熊以及神父的斗争中却代表了反对封建势力的正面力量，它捉弄国王、谋害大臣、嘲笑教会，这一切都意味着市民智慧对封建暴力的胜利。而在另一方面，列那狐又毫无同情心地欺负许多没有抵抗能力的弱小动物，兔、鸡、鸟们常常成为它的盘中餐。

　　故事最重要的主线是列那狐和伊桑格兰狼之间的斗争，它代表了弱者（市民）与强权（统治者）之间的较量和对抗。看似不可战胜的伊桑格兰狼粗暴而又愚蠢，处于弱势的列那狐总能通过自己的智慧战胜它。列那狐诱骗伊桑格兰狼把水桶拴在尾巴上，垂入冰窟中去钓美味的鳗鱼，结果河水结冰冻住了尾巴，狼被痛打一顿，还将尾巴扯断。列那狐用烤鱼引诱狼将头伸进洞口，随后用开水把它烫得面目全非……

　　列那狐虽然时常与强大的狮王和狼作对，但在弱肉强食的世界里，它却将自己邪恶的一面暴露在弱小的动物面前。它假装给麻雀的孩子治病，然后把它们吃掉，还厚颜无耻地宣称解除了它们的痛苦；它用花言巧语骗走乌鸦口中的美味，还让乌鸦差点丢掉性命；它还经常装死引诱小动物，然后乘机把它们抓住吃掉。

《列那狐传奇》在中世纪的法国可谓家喻户晓，以至于"列那"都成了"狐狸"的代名词。随之而来的是一大批相关作品陆续问世，其中尤以《列那狐加冕》和《新列那狐》最为著名。

《列那狐加冕》创作于 13 世纪中叶，故事中的列那狐不仅要为了生存而与其他动物周旋，还要图谋王位。它装扮成修道院的主持，来挑唆垂死的狮王指定自己为王位继承人。狮子原本想让强大的豹继位，但列那狐却诡辩说一个国家的国王应该是一个充满智慧的人，而不是有勇无谋的人，国王听信了假主持的话，最终把王位传给了列那狐。志得意满的列那狐登上王位后，先是假惺惺地免去了两个最拥戴它的朋友刺猬和绵羊的职务，以显示它的"公正"。它表面上廉洁奉公，背地里却收受他人的贿赂。在他的统治下，有钱人照样过着花天酒地的生活，而贫苦的人民却变得更加贫困。列那狐为自己牟取了巨额的财富，连罗马教皇都请它去传授"成功"的秘诀。

创作于 13 世纪末的《新列那狐》讲述了列那狐杀死伊桑格兰狼之子，狮王兴兵围攻列那狐的城堡，列那狐凭借自己的智慧与狮王和解。没过多久列那狐又拐骗了狮王、豹和狼的妻子而出逃，狮王重新与它在海上开战。这是一场激烈的战斗，代表"邪恶"的列那狐战舰由教皇掌舵，僧侣和教士充当水手；代表"美德"的国王虽然取胜，但它的战舰却不见了踪影，所有人都登上了列那狐的邪恶之船，最后罗马教皇立列那狐为"世界之王"。

"列那狐"的出现是以欧洲手工业和商业发展为标志的中心城市的出现为基础的，它代表了兴起的反教会"异端"活动和非教会的世俗文化。它所表达的思想与中世纪的法国社会生活紧密而深刻地联系在一起，最鲜明地体现了法国中世纪市民文学普遍具有喜剧性和讽刺性，这也使列那狐故事诗在整个文学史上占有独特而永恒的魅力。

古代欧洲文学

┌─────────────────────────┐
关键词：古希腊文学 古罗马文学
└─────────────────────────┘

● 概述

　　欧洲古代文学包括古希腊文学与古罗马文学。两者是西方文学的开端。

　　一、古希腊文学：古希腊神话是欧洲最早的文学形式，大约产生于公元前 9 世纪，由神的故事和英雄传说两部分组成。公元前 8 到前 6 世纪，古希腊文学的主要成就是抒情诗和寓言。公元前 6 ～前 4 世纪，希腊的主要文学成就是戏剧、散文和文艺理论。

　　二、古罗马文学：古罗马文学是继承古希腊文学的基础上发展起来的。它的发展大致经历了三个阶段：共和时期（公元前 240 ～前 30 年），基本是对古希腊文学的继承，主要成就是戏剧；黄金时期（公元前 100 ～前 17 年）是拉丁文学发展史上的辉煌时期；白银时期（公元 17 年～ 130 年）主是成就是讽刺诗和小说。罗马文学衰落时，早期基督教文学产生。

● 代表作家·代表作品

古希腊

荷马（公元前 9 世纪）《荷马史诗》

伊索（公元前 6 世纪）《伊索寓言》

埃斯库罗斯（悲剧之父）（公元前 525？～前 456）《被缚的普罗米修斯》

索福克里斯（约公元前 496 ～前 406）《奥狄浦斯王》

欧里庇得斯（心理戏剧鼻祖）（公元前 485 ～前 406）《美狄亚》

阿里斯托芬（喜剧之父）（约公元前 446 ～前 385）《阿卡奈人》

古罗马

普劳图斯（约公元前 254 ～前 184）《一罐金子》

维吉尔（古罗马最杰出的诗人）（公元前 70 ～前 19）《牧歌》、《农事诗》、《埃涅阿斯纪》

划时代的文学里程碑

THE DIVINE COMEDY 神曲

但丁肖像

恩格斯评价但丁时曾说："意大利是第一个资本主义国度,封建中世纪的终结和现代资本主义的开端,是以一位大人物作为标志的,他就是但丁,中世纪的最后一位诗人和新时代的最初一位诗人。"

在欧美文学史上,《神曲》是继荷马史诗后文学史上里程碑式的重要作品,它原名"喜剧",1555 年薄伽丘为了表达对这部作品的敬意,又为它加上了"神圣"二字,即《神圣的喜剧》,中国译作《神曲》。这部巨著的作者——但丁(1265～1321)是世界文学史上的不朽人物,他是欧洲由中世纪过渡到近代资本主义时期的文学巨匠、意大利文艺复兴运动的先驱。

但丁少年时极为崇拜古罗马诗人维吉尔,把他当作自己的精神导师。他还曾对邻家的少女贝阿特丽采产生一种近乎骑士精神的纯洁之爱,对但丁后来的创作产生了深远的影响。以至于1290 年年仅 24 岁的贝阿特丽采不幸去世后,但丁将写给她的 30 首抒情诗用散文连缀起来集成《新生》,以纪念自己所爱的女子。

《神曲》依据诗人幻游三"冥界"的描写,分为《地狱篇》、《炼狱篇》和《天堂篇》三个部分,象征神圣的"三位一体"。每部分由 33 篇组成,与基督在尘世生活的年份等同。在《地狱篇》前还有一篇序曲,凑成百篇,象征完美。全书共由 14000 多行诗组成。

在《地狱篇》里,诗人在黑暗中摸索前行,天亮时前方出现三只野兽,那是象征淫欲的豹、象征野心的狮子和象征贪婪的狼,而它们是由"嫉妒"所放出来的。正当诗人不知所措的时候,古罗马文学巨匠维吉尔出现了,他受贝阿特丽采之托前来援救但丁从另一条路走向光明。维吉尔引导但丁游历了地狱和炼狱,最后由贝阿特丽采引导他游历了天堂。

但丁的小舟 法国 德拉克洛瓦
此图描绘了《神曲》的《地狱》中的一节，
表现了但丁（戴红头巾的男子）同维吉尔乘
小舟渡过地狱之湖，受到永久惩罚的死亡者
企图爬到小舟上的情景。

1497 年 出 版 的
拉丁文版《神曲》

　　地狱分成九层，像是一个通道直达地球中心。第一层是"候判所"，里面全是没有受
过基督洗礼的灵魂；第二层里耽于色欲的灵魂被暴风雪翻卷飞舞；第三层里饕餮者躺在烂
泥中，三头恶狗嗥叫着用爪子将灵魂们的皮肉撕成碎片；第四层里生前为财富奔忙的贪婪
者和挥霍者的灵魂在忍受无穷的劳苦；第五层里因愤怒而犯罪的人正撕打着自己；第六层
中异教徒正在烈火中忍受着无穷的痛苦；第七层分为三圈，外圈的一条血河里浸泡着暴君
和凶杀者，中圈是一片长满毒刺的环形树林，内圈是上空飘落着火片的沙漠；第八层是十
条环形的恶沟，谄媚、勾引妇女、买卖圣职的人正忍受着可怕的痛苦；地狱的最底层是科
奇托冰湖，分为四个区域：第一区叫卡依纳，变节弃义的灵魂除了头部以外全身冻在冰湖里，
他们的眼泪凝结成"水晶的面具"；第二区叫安特诺拉，冰封着叛国的灵魂；第三区叫托
罗梅亚，背叛主人的灵魂被仰卧着冰冻在湖面上；第四区叫犹大区，背叛恩人者被完全冻
在冰下。

在《炼狱篇》里，生前犯过错但在临终前忏悔并得到宽恕的灵魂，按人类的七大罪过——傲慢、嫉妒、愤怒、怠惰、贪财、贪食、贪色，分别在不同的层里改造。在第一层里，傲慢者的灵魂在陡峭的山路上身负重物，艰难行走；第二层里，嫉妒者的灵魂上下眼皮被铁丝穿在一起，就像乞讨的瞎子一样；第三层里，愤怒者的灵魂正在烟雾中摸索；第四层里，怠惰者的灵魂拼命地奔跑，以弥补生前的罪过；第五层里，贪财的吝啬鬼被捆绑着趴在地上；第六层里有两棵奇怪的大树，第一棵树发出赞美节制的声音，惩戒饥渴万分的贪食者，第二棵树旁围着一群像孩子一样的灵魂，有人将树上的果子拿给他们看，然后又收回，一次一次使他们绝望；第七层是一片火海，烈火熊熊喷出，惩戒着好色者。

游历完炼狱后，维吉尔突然不见，这时圣女贝阿特丽采出现，她带领但丁进入天堂。在《天堂篇》里，但丁为我们描绘了至善至美的天堂景象，那是人在经历了艰难曲折的自我改造之后，才能够达到的理想彼岸。第一重天堂是月亮的世界，里面住着并未犯罪却被迫亵渎宗教誓言的人。

第二重天堂是水星的世界，里面住着在世时有着善良的心并付诸行动的人。第三重天堂是金星的世界，生前沉浸在爱情里的灵魂正随着欢乐的乐曲轻歌曼舞。第四重天堂是太阳的轨道，智慧者的灵魂在其中欢畅跳跃。第五重天堂是火星的世界，里面住着为信仰而死的灵魂。第六重天堂是木星天，这里居住的是公正贤明的君主。第七重是土星天，这里是在冥想和宗教隐退中度过一生的灵魂。第八重天堂是恒星的地带，这是光与爱的世界。第九层是最高的天堂——水晶天，这里只有纯洁的光和上帝的精神。

但丁介绍他的神曲
但丁手持《神曲》为人们展示它的内容，他身后塔形的建筑就是炼狱的七层。

但丁在中世纪文学中最先创造出广泛地反映时代社会生活、具有巨大思想价值和艺术价值的伟大诗篇，《神曲》也成为欧洲文学史上开启文艺复兴运动的一部具有划时代意义的巨著。

亚非文学

关键词：东方文学

● 概述

　　亚非文学史分为五个时期：1. 古代亚非文学 2. 中古亚非文学 3. 近代亚非文学 4. 现代亚非文学 5. 当代亚非文学

● 代表作家·代表作品

古代亚非文学

古巴比伦：史诗《吉尔伽美什》（公元前 2000 年）

希伯来：《圣经》（公元前 2 世纪～1 世纪）

古印度：《摩诃婆罗多》（公元前 4 世纪～4 世纪之间）

　　　　《罗摩衍那》（公元前三四世纪～前二世纪之间）

中古亚非文学

日本：诗集《万叶集》（公元 4 世纪～8 世纪）

　　　长篇小说《源氏物语》（紫式部）（公元 1010 年）

　　　阿拉伯：故事集《一千零一夜》（公元 8 世纪～16 世纪）

　　　波斯：《列王纪》（菲尔杜西）（公元 10 世纪）

　　　《玛斯纳维》（毛拉姆）（公元 13 世纪）

　　　《蔷薇园》（萨迪）（公元 13 世纪）

近现代亚非文学

日本：《浮云》（1887）（二叶亭四迷）

　　　《我是猫》（1905）（夏目漱石）

　　　《从此以后》（1909）（夏目漱石）

　　　《雪国》（1935）（川端康成）

印度：《吉檀迦利》（1912）（泰戈尔）

　　　《戈丹》（1936）（普列姆昌德）

黎巴嫩：《先知》（1931）（纪伯伦）

埃及：《宫间街》三部曲（1952）（马哈福兹）

尼日利亚：《解释者》（1965）（索因卡）

　　＊特别提示：东方文学一个重要组成部分——中国文学，见中国书籍出版社《中华文学五千年》

石破天惊 十日谈

THE DECAMERON

薄伽丘画像
在人文主义思想指导下，佛罗伦萨出现了文艺复兴早期的文学"三杰"——但丁、彼特拉克、薄伽丘。在文学上，文艺复兴最早的代表人物则是薄伽丘和彼特拉克。

薄伽丘（1313～1375）是欧洲14世纪著名的人文主义者和意大利文艺复兴运动的先驱。相传他是佛罗伦萨一位有名的商人的私生子，因此对小市民阶层怀有很深的感情。他是第一个通晓希腊文的意大利学者，对拉丁文和当时流行俗语的认识也同样深刻。初登文坛时薄伽丘曾立志做一名优秀的诗人，并创作了很多优秀的爱情抒情诗和叙事长诗，如《爱情的幻影》、《菲埃索勒的女神》、《苔塞伊达》等，以及传奇《亚梅托的女神们》、《菲洛柯洛》，晚年还著有传奇《大鸦》和学术著作《但丁传》等。

薄伽丘最著名的作品是故事集《十日谈》（1348～1353），这部文艺复兴早期产生的名著，**为作家赢得了"欧洲短篇小说之父"的不朽声名。**它像是一幅幅五光十色的风俗画，散发着浓郁的市民生活气息。《十日谈》猛烈抨击教会的神圣，并无情揭露教会僧侣的种种丑行；作品对中世纪的禁欲主义提出了挑战，并大力提倡个性解放。这在当时被认为是石破天惊、洪水猛兽，即便是今天，看起来也依然充满震撼。

《十日谈》以1834年欧洲大瘟疫为背景，讲述了七个美丽年轻的小姐和三个英俊热情的青年结伴到郊外的一座山中别墅去躲避瘟疫的故事，他们在十天的避难时间中商定每人每天必须讲一个动听的故事，以此来度过难熬的时光，这一百个故事集成了《十日谈》。

《十日谈》的主旨在于抨击禁欲主义，歌颂爱情，肯定人的自然欲望，不仅令人震惊，也同样充满了智慧与趣味。

薄伽丘在《十日谈》第四天的故事前讲了一个令人忍俊不禁的小故事：佛罗伦萨有一个名叫马杜奇的男子，妻子死后万念俱灰，带着两岁的儿子上山修行，过着与世隔绝的生活。儿子长到18岁时父亲第一次带他进城，儿子对许多东西都感到好奇，但他最感兴趣的却是路上那些漂亮的姑娘。他惊异地问父亲那是什么？父亲骗他说那是毫无

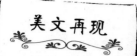

美文再现

⊙在各种事物的常理中，爱情是无法改变和阻挡的，因为就其本性而言，爱只会自行消亡，任何计谋都难以使它逆转。

⊙希望越小，热情反而越高，天下的事往往如此。

用处的绿鹅。儿子生平没见过女人，更谈不上对女人有什么了解，然而在父亲问他有什么要求时，他却很自然地说："亲爱的爸爸，让我带一只绿鹅回去好么？"马杜奇恍然大悟，终于认识到两性相悦，男女相爱，乃是人的天性，他不该抗拒，也无法抗拒，自然的力量比人为的教诲强大得多！

《十日谈》中第九天讲到一个故事，某处有一所以虔诚、圣洁著称的女修道院。修女当中有一位名叫伊莎贝拉的美丽姑娘，与一名青年男子相恋，时常在夜里偷偷幽会。一天夜晚，伊莎贝拉正在与情人幽会，不小心被人发现。女修道院院长得知后立即带人前来捉奸。她在全体修女面前痛斥伊莎贝拉淫乱无耻，一定要严惩不贷。可这时修女们却尴尬地发现女院长头上戴的不是头巾，而是一条男人的内裤。原来女院长正在陪着一位教士睡觉，修女们来报案时，她在黑暗中慌忙穿衣，竟把教士的裤衩当作了头巾！

《十日谈》对禁欲主义的批判和人文主义的宣扬，使人们将其与但丁的《神曲》并列，称之为"人曲"。正如意大利近代著名文艺评论家桑克提斯所说："但丁结束了一个时代，而薄伽丘开创了一个时代。"在思想启蒙方面，《十日谈》同样敢为时代之先，薄伽丘也因此被尊为"14世纪的伏尔泰"。

《十日谈》插图
特拉韦尔萨里小姐看了松树林里的那一幕后，悚然悔悟，接受了纳斯塔焦的爱情，他们于礼拜日举行了非常盛大的婚宴，众亲友都纷纷前来祝贺。

15世纪时，T．克里威里为薄伽丘《十日谈》手抄本所绘的细密画。

英国文学之父 乔叟

杰弗里·乔叟（1343? ~ 1400）是中世纪英国最伟大的诗人，因其先知先觉般的人文主义思想和充满现实主义精神的史诗创作，而被誉为**英国文艺复兴运动的先驱**和**"英国文学之父"**。

乔叟出生于伦敦的一个中产阶级家庭，少年时成为英王爱德华三世的儿媳阿尔斯特伯爵夫人身边的少年侍从，借此增长了许多见识。早年的乔叟十分幸运，不仅躲过两次大瘟疫，而且在1359年英法之战中被俘后仍能得到国王的关照而被赎回。乔叟博览群书，才思敏捷，富有辩才，很快受到皇家的重用，几次秘密出使他国并出色地完成了任务。他到过比利时、法国、

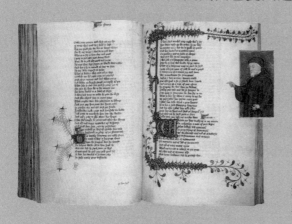

英文版《坎特伯雷故事集》
图中杰弗里·乔叟用手指着其《坎特伯雷故事集》的一页，这是一本由一群朝圣者讲述的故事集。

意大利等国，并有幸结识了薄伽丘和彼特拉克，这对他日后的文学创作产生了重大影响。然而从1386年开始，诗人乔叟的厄运接踵而至，因与当权者交恶，被剥夺官位和年金，不久他深爱的妻子菲丽芭离世。他曾写过一首诗《致空囊》交给刚登基的亨利四世，表明自己的贫穷。正是在这样内外交困的逆境中，乔叟迎来了他文学创作上的丰收。从1387年到1400年，他完成了鸿篇巨制《坎特伯雷故事集》。1400年乔叟逝世，被安葬在伦敦威斯敏特斯教堂的"诗人之角"。

乔叟的诗歌创作大致可分为三个时期：第一时期是受法国影响的时期。期间创作了《悼公爵夫人》，并翻译了法国中世纪长篇叙事诗《玫瑰传奇》。第二时期是受意大利影响的时期。诗人接触了资产阶级人文主义思想，创作出《好女人的故事》、《百鸟会议》等作品，反映了鲜明的人文主义观点。第三时期是创作成熟时期。

诗人在生命的后15年里创作出了《坎特伯雷故事集》，无论在内容和技巧上都达到他创作的颠峰。**这部故事集堪称英国文学史上第一部真正意义上的现实主义经典之作，**乔叟终于在对现实世界的深刻反思与命运对他的磨砺中完成了向人文主义思想的跨越，成为英国文艺复兴运动的先行者。

《坎特伯雷故事集》在结构上近似于薄伽丘的《十日谈》，借聚到一起的不同身份的人讲述与现时生活息息相关的故事，使读者充满趣味地体会到其中的意蕴。《坎特伯雷故事集》原计划写120个故事，但最后只完成了24篇，其中两篇是散文体，其余的采用诗体写成。全书有一个总序，作者用这种方式把各个零散故事连成一体。与薄伽丘相比，乔叟笔下的人物形象更加丰满，情感更加真实。在诸如《律师的故事》、《自由农奴的故事》、《骑士的故事》、《医生的故事》中，读者会随着书中人物的悲欢离合而或哭或笑，仿佛进入了书中的情境，让人们真正体会到14世纪英国的"人间喜剧"的无尽妙谛。

在《坎特伯雷故事集》中乔叟与29个香客结伴前往坎特伯雷城朝圣，大家约好，在这个临时组织起来的集体中每人讲两个故事，讲得好的大家凑钱请他吃饭。于是朝圣路上的各色人物纷纷粉墨登场，香客来自社会各个阶层，展现了广阔的社会画面：有一身负债却假装若无其事的商人，也有满脑子学问而不谙世事的学者；有风流潇洒、乐于表白自己的随从，也有身经百战、谦虚谨慎的武士；有信奉"爱情胜于一切"的女修道长，也有嫁过五次、风骚妩媚的贵妇人；有粗鄙委琐的磨坊主，也有市侩狡诈的赦罪僧——故事就这样渐次展开，他们所讲的故事或雅或俗，却都细微、深刻地揭示了当时的社会现实。

《坎特伯雷故事集》采用了中世纪的各种文学体裁，有寓言、圣徒传、布道文、骑士传奇等。在人物刻画和故事描绘上饶有趣味，富于幽默感。尤其令人称道的是语言带有鲜明的讲述人自身的特征，每人故事都明白无误地表明讲述人的身份、爱好、趣味、职业和人生经历。

《坎特伯雷故事集》被认为是英国历史上印刷的第一本书，时间约在1476年，由英国印刷业之父威廉·卡克斯顿印行。首版的《坎特伯雷故事集》当年只发行了425册，现在已极难寻见，只在大英图书馆中存有两套珍本。

法国长篇小说的开端

巨人传
PANTAGRUEL AND GARGANTUA

拉伯雷肖像

拉伯雷同其他文艺复兴时代的巨匠一样，知识渊博，多才多艺，熟练掌握希腊语、拉丁语和意大利语。对神学、法律学、医学都有很深造诣，同时又通晓药理学、星相学、航海术等。

弗朗索瓦·拉伯雷（1494?～1553）是文艺复兴时期法国最重要的代表作家，也是一位精通希腊文、拉丁文、希伯来文等多种文字，通晓哲学、神学、数学、医学、天文、地理、法律、教育、音乐、建筑等多种学科的文化巨人。

拉伯雷出生在法国中部图尔省希农市一个中等家庭里，很小就被送入修道院学习，在那里拉伯雷系统地学习了拉丁文和经院哲学，并于1522年成为修士。1523至1527年他曾随教会巡视，1527至1530年又游历了波尔多、巴黎、图卢兹、奥尔良等许多城市，两次游历使拉伯雷开阔了自己的眼界，为他日后创作《巨人传》做了思想上的酝酿和创作素材的准备。1930年9月拉伯雷来到蒙彼利埃大学医学院，在这所欧洲著名的高等学府里他仅用了六个星期便领到了毕业文凭，不久又获得了医学硕士、博士的头衔。他在里昂行医，是法国最早研究解剖学的医生之一；他用医药减轻病人的痛苦，还写些故事供他们消遣，他的文学创作就是这样展开的。

1532年拉伯雷读到一部名为**《伟大而高大的巨人高康大的伟大而珍贵的大事记》**的民间故事。这个滑稽的民间故事给拉伯雷带来了奇思妙想和创作的冲动，他投入巨大的精力写出了《庞大固埃传》，即《巨人传》的第二部。作品于1532年出版后深受读者欢迎，然后拉伯雷耗时两年又完成了《巨人传》第一部——《庞大固埃的父亲：巨人高康大骇人听闻的传记》。

《巨人传》插图 法 阿贝尔·杜布

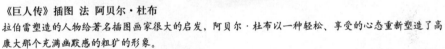

拉伯雷塑造的人物给著名插图画家很大的启发，阿贝尔·杜布以一种轻松、享受的心态重新塑造了高康大那个充满幽默感的粗犷的形象。

1535 年法王弗朗索瓦一世镇压进步势力，文艺复兴运动受挫，拉伯雷几次为躲避风险而隐居，还曾被捕入狱。但拉伯雷仍孜孜不倦地创作了《巨人传》的后三部分。1546 年第三部出版，1549 年第四部出版，1564 年第五部出版时作家已经去世了。

《巨人传》是一部政治性很强的讽刺小说，反映了 16 世纪上半叶法国封建社会的巨变，小说通过两个巨人国王高康大及其儿子庞大固埃的神奇事迹，尖锐地讽刺了封建制度，并揭露了教会黑暗、经院式教育和中世纪哲学。《巨人传》的前两部，主要表达了拉伯雷的人文主义主张，是两部充满乐观主义和理想主义色彩的作品；而成书于黑暗年代的后三部，则增强了暴露现实的成分，批判的锋芒也更加尖锐。

拉伯雷的巨人思想贯穿在整部作品中，并具体体现在三位巨人身上。他们食量过人，纵情享乐，作家肯定他们的享乐人生观，借此对僧侣主义和禁欲主义进行嘲讽。同时拉伯雷又把人类优良的品质赋予三位巨人，他们都是作为人的力量的象征而被塑造出来的。《巨人传》的文风自由洒脱、无拘无束；塑造出的人物形象个性鲜明、有血有肉。高康大和庞大固埃都被刻画成知识渊博的人，是人文主义者拉伯雷心目中的理想人物；而巴汝奇的贪婪、实干则无疑是现实人物的典型。

《巨人传》是法国长篇小说的开端，也是法国文学史上的一座不朽丰碑，作为一部百科全书式的小说，它所表现出的渊博的学识、丰富的想象、个性化的语言以及其中所蕴含的小说的基本要义，对后来的文学创作产生了极其深远的影响。

著名画家古斯塔法·多雷为《巨人传》画的插图(1873 年)
作品由于有了这个巨人高康大·庞大固埃的出现而更有魅力，增加了故事的可读性。

日本最早的诗歌总集

万叶集

在日本文学史乃至世界诗歌史上，《万叶集》都是一部极其重要的作品，它所收诗歌从4世纪到8世纪前半叶，编成于8世纪，分为20卷，共计收录和歌4500余首。和歌是日本民族所特有的诗体之一，分为杂歌、相闻和挽歌三个部分。其中杂歌的内容较为繁复，包括写景、抒情、羁旅、宴饮等。相闻又叫作相问，有沟通消息和情感的意思，以恋歌居多。挽歌的内容则是追怀故人。《万叶集》的出现开启了日本文化的新纪元。

对于《万叶集》书名的解释有三种说法：一种说"万叶"即"万言叶"，由于日文中的"言叶"意为"语言"，因此"万言叶"可以被译为"多歌"。另一种说法是"叶"字与"世"字相通，"万叶"即"万世相传"之意。还有一种说法是"万叶"的"叶"就是草木的"叶"，"万叶"是"大量和歌"的借喻。

《万叶集》的作者繁杂，其中既有天皇、贵族，也有农民、士兵、僧尼、歌女和行吟艺人等，包括了当时社会几乎各个阶层。在所有的作品中，无名作者和民歌民谣大约占半数以上，其中著名的诗人有

桂本《万叶集》（表纸绘）16世纪前半叶 朝鲜
万叶集作为日本最优秀的诗集之一，不仅对本国文化产生了深远影响，而且流传到了周边的许多国家。上图就是朝鲜画家为《万叶集》绘制的封面。

柿本人麻吕、高市黑人、山上忆良、山部赤人等。诗集内容从时间上大体上可以分成四个阶段：

第一阶段（629～672年）：诗歌的诞生期。此时诗歌带有口传性质，但个人作品已从民歌中脱离出来，个体情感的表露愈发强烈。其中天智天皇、天武天皇、天智天皇的嫔妃额田王等皇族歌人是这一时期较为著名的作者。

第二阶段（673～709年）：长短歌盛行期。在万叶的早期诗人中，把万叶和歌推向新的高度的是当时的宫廷诗人柿本人麻吕和高市黑人。其中柿本人麻吕的歌风庄重典雅、雄浑有力，被称为《万叶集》中的第一抒情诗人。《万叶集》中收录了柿本人麻吕的长歌20首，短歌约70首，其中别离妻子时所作的短歌在日本家喻户晓："**山风吹竹叶，乱发杂然声。吾已别吾妹，专心念妹情。**"离别之情跃然纸上。

第三阶段（710～733年）：个性化发展期。这一时期的重要作者有山上忆良、大伴旅人、山部赤人等，他们的诗风各具特色，在艺术品质上与前期不相上下。山上忆良是万叶诗人中最具进步思想的一位，是其中第一位也是最后一位具有现实主义倾向的诗人，因而被称为"社会抒情诗人"。他曾以"少录"（很小的官职）的身份随日本的第七次遣唐使团来到中国唐朝的都城长安。《万叶集》收录了山上忆良的长歌10首，短歌60首，还有汉诗两篇。诗人在大唐时曾写下一首著名的忆本乡歌："**诸公归日本，早作故乡人。遥想御津岸，滨松待恋频。**"其中流露出深深的恋乡之情。

第四阶段（733～759年）：诗歌的衰落期。诗风由强劲雄健走向阴柔颓废，万叶诗歌渐渐走向衰落。这一时期的重要诗人是大伴家持，他的诗作情景交融、哀婉动人，流露出没落的气象。

《万叶集》在日本文学的发展史上占有极其重要的地位，它成书时日本还没有自己的文字，全部诗歌都是借用汉字即万叶假名来记录。它的最大贡献在于摆脱了汉诗的窠臼，用本民族语言把不定型的古歌谣发展为定型的民族化、个性化的诗歌形式，为后来的诗歌创作树立了典范。作为第一部纯文学和歌总集，它对后世日本文化的发展也有着不可估量的巨大作用，并由此产生了专门研究《万叶集》的"万叶学"。

歌女梳妆图（底图）
日本的歌女不仅是诗歌的演唱者，甚至也是一部分优秀诗歌的创作者或改编者，《万叶集》中很多诗歌就是歌女的作品。

睿智与怀疑

MONTAIGNE ESSAIS

蒙田随笔

蒙田 (1533 ~ 1592) 是法国文艺复兴后期、16 世纪人文主义思想家、散文家。他的散文主要是哲学随笔，因其丰富的思想内涵而闻名于世，被誉为"思想的宝库"。

蒙田出身贵族，自幼聪慧，从小受到很好的教育。他 6 岁入学，习读法语、希腊语和德语作品，13 岁到波尔多大学听课，他的老师已无法教授他拉丁文了。后来蒙田在图卢兹大学学习法律，并熟读了普鲁塔克、塞涅卡、塔西佗等古代大师的著作，为他后来随笔创作中的思辨和怀疑论提供了重要的佐证。早期的教育、超常的智商加上本能的勤勉使蒙田变得愈发博学。1556 年蒙田成为一名法官，并任职十五年之久，期间他目睹了无数司法机关的肮脏内幕和宗教迫害。1570 年蒙田辞职隐居，埋头于古典文学与哲学研究，写下无数笔记，最终汇成了巨著《随笔集》。

1580 年《随笔集》前两部出版，获得法王亨利三世的赞赏。此后两年蒙田在德国、奥地利、瑞士、意大利等地游学，并拜会教皇，被授予"罗马市民"的荣誉称号。回到波尔多后蒙田连任两届市长，在政治上建树非凡。几年后他再次放弃政治生涯，返乡专心著书。1588 年《随笔集》第三部出版，再次在欧洲引起轰动。

这部聚集了蒙田一生心血的《随笔集》共分 3 卷 207 章，内容包罗万象，博大深厚。作家运用单线条的咏叹与勾勒，朴实无华地表述自己深邃的思想，渐次将读者带入恬淡澄澈的心灵之境。全书的主要内容思想可概括为三个方面：

蒙田像

他把自己的想法写成主题各不相同的散文，从中揭露人们在找寻真理和正义之时的毫无力量的现实，他是那个时代人道主义的楷模，"文字"的榜样。

一是作家所感觉的自我；

二是作家所体会的人类生活方式和思想感情；

三是作家所理解的现实世界。

其中蕴涵着一种近乎完整的哲学精神，即他所创立的怀疑主义。蒙田用怀疑的眼光看待一切事物。"我知道什么？"是他向自己也是向世界提出的最深刻的问题。蒙田曾自制一枚勋章，正面刻着这个既简单而又深奥的问题，反面铸着一架摇摆的天平。

蒙田不肯定任何观点，也不轻易否定，而是一切顺其自然，任其发展。他了解哥白尼的天体运行说，以及发现新大陆的真正价值，由此对宗教的盲目信仰提出质疑，并有力地批判了禁欲主义和宗教教义。在《随笔集》中，蒙田讲述了一个世外桃源的理想故事。在一片刚被发现的新大陆上，人们依照原始社会的秩序，信奉自然的力量，没有剥削、压迫，没有贫富的差别，甚至连人性的弱点如嫉妒、虚伪、背叛等也一概不知……蒙田对现实制度的怀疑，对自然和谐生活的向往表露无遗。

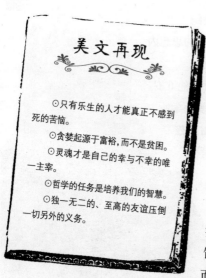

美文再现

⊙只有乐生的人才能真正不感到死的苦恼。

⊙贪婪起源于富裕，而不是贫困。

⊙灵魂才是自己的幸与不幸的唯一主宰。

⊙哲学的任务是培养我们的智慧。

⊙独一无二的、至高的友谊压倒一切另外的义务。

蒙田随笔中的另一个关注点是教育问题。他主张解放儿童的思想，并得到有效的训练；强调大脑与身体的和谐发展，反对机械的书本教育，要培养儿童的实际动手能力；他认为真正有学问的人就像麦穗一样，饱含鼓胀的粒时，它们便谦逊地低垂着头不露锋芒，而如果是空的，他们就会挺立昂首、自以为是。

蒙田的《随笔集》并不想有意阐释任何强制性的哲学思想，蒙田也不应该被列入哲学家的行列而更应归属于散文家，《随笔集》开创了法国式随笔的先河，有着极其丰富的美学、哲学思想和完美的文学表现形式。正如他自己所言："我们所喜爱的语言，是平易纯朴的，我只想用巴黎菜市场所用的语言来描写"。

蒙田在他生活的时代便已成名，但他的作品在当时却有很大的争议。一些著名作家如卢梭等人指责他的作品充满了"可憎的虚荣心和表面的真诚"，但他却受到了伏尔泰和狄德罗等人的推崇，赞扬他的作品"明哲善辩、精于心理分析；简朴流畅、朗朗上口"。历史证明了蒙田的不朽地位，因为在16世纪的作家中，没有谁会像蒙田那样在今天得到人们的广泛认同。他是一位冷峻的观察家，也是对西方文化真正拥有良知的大学者。从他的思想和感情来看，人们几乎可以把他视为当代人。

QUIXOTE

摧毁骑士小说的
堂吉诃德

塞万提斯（1547～1616）是西班牙历史上最伟大的作家，也是在人类文学史上堪与莎士比亚齐名的文化巨匠。塞万提斯出生时家境贫困，幼年过着近乎流浪的生活。他在很小的时候便开始广泛阅读拉丁文历史及文学著作，后来成为枢机主教的家庭侍从，这使他有机会阅读主人丰富的藏书，并游历罗马、佛罗伦萨、米兰和威尼斯等文化名城。

1570 年，塞万提斯加入西班牙海军以抵御土耳其人的进犯。在战斗中他身负重伤，最后被截去左手。部队统帅写信给国王菲利普二世推荐他，塞万提斯由此踏上回国的航船。航行遭到土耳其海盗的袭击，塞万提斯被俘并押解到阿尔及利亚，在那里的监狱整整待了五年，期间他组织参与了五次越狱均告失败，但每次失败后都能机智地化险为夷。直到 1580 年 9 月，塞万提斯终于被营救出来，回到阔别 10 年的祖国。然而他当年的事迹早已被国人淡忘，一贫如洗的塞万提斯深感失望，开始专心从事文学创作。期间写出了《未发表的八出喜剧和八出幕间短剧》、《有胆有识的西班牙人》、《走运的妓院老板》和《阿尔及利亚浴场》等作品，所刻画的社会层面十分广阔，显示出塞万提斯超人的文学创作才华。

然而不幸还是占据了塞万提斯生活的主流。回国后命运多舛的他还因各种看似荒唐的理由数次入狱。就是在这样波折动荡的生命中，塞万提斯始终笔耕不辍，没有向命运屈服。1603 年终于完成传世巨著《堂吉诃德》的第一部。全欧洲的读者争相阅读，人人都在谈论那个疯骑士和他的胖侍从。因为盗写续集的困扰，塞万提斯在不到一年的时间内便迅速完成《堂吉诃德》第二部，而且在思想和艺术上都丝毫不亚于第一部，并于 1615 年出版。

塞万提斯像

诗人海涅曾这样评价这位文艺巨匠："塞万提斯、莎士比亚、歌德在叙事、戏剧、抒情这三类创作中分别达到登峰造极的地步。"在北京大学的勺园荷花池边，矗立着马德里市赠给北京的塞万提斯铜像，塞万提斯身着西班牙披风，右手持书，腰挎宝剑，目视前方，既散发着文学骑士般的无畏气质，又闪耀着理想主义者的智慧之光。

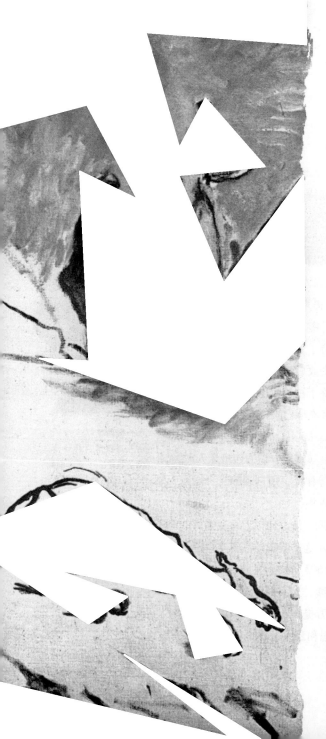

　　《堂吉诃德》原名《奇情异想的绅士堂吉诃德·台·拉·曼却》，**是一部讽刺已经灭亡了的骑士制度的长篇小说。**小说主要写的是主人公堂吉诃德三次游侠的古怪经历。堂吉诃德本是一名乡间绅士，却因读风靡一时的骑士小说而入迷，想象自己是神勇的骑士出外游侠。他找出一副破烂不堪的盔甲和一根生了锈的长矛，骑上一匹瘦削的老马离家出走，他选中了邻村一个相貌平常的挤奶姑娘，取名杜尔西内娅，作为自己毕生为之效劳的贵妇人。

　　堂吉诃德来到一家旅店，店主顺他的意"封"他为骑士。路上遇到一队商人，堂吉诃德挺枪就刺，不想马失前蹄，商人们趁势将他打得鼻青脸肿，堂吉诃德被抬回家中。养好伤的堂吉诃德很快就开始了第二次旅行，这一次他劝说一个名叫桑丘的农夫来做他的侍从。堂吉诃德一会儿把羊群当作敌军，一会儿又把风车看作巨人；一会儿把苦役犯当作受害的骑士，一会儿又把酒囊当作巨人头……直到同村的神父设计把他装进笼子里送回家来，堂吉诃德的第二次游侠经历才告一段落。

　　第三次出游，主仆二人在途中遇到了一位公爵，公爵有意捉弄他们，

《堂吉诃德》插图 西班牙 达利
西班牙绘画大师达利非常喜爱《堂吉诃德》，他为整部作品绘制了几十幅插图，每幅都堪称艺术珍品，达利以艺术家敏锐的感觉传达了他对塞万提斯和他的作品的独特理解。

将二人请到自己的城堡做客，并让桑丘当上了镇上的"总督"。最终主仆二人受尽磨难，险些丧命。回到家后的堂吉诃德卧床不起，临终终于明白了骑士小说的危害。他立下遗嘱，要求继承自己财产的侄女一定不要嫁给读过骑士小说的人，否则就取消其继承权。

《堂吉诃德》像是一块人类为自己树立起来的不朽丰碑，那上面有我们每一个人灵魂的影子。堂吉诃德与同时代的哈姆雷特双峰并峙，成为全人类性格的双重写照。俄国著名批评家别林斯基曾说过："**在欧洲一切著名的文学作品中，把严肃和滑稽，悲剧性和喜剧性，生活中的琐屑和庸俗与伟大和美丽如此水乳交融，这样的范例仅见于《堂吉诃德》。**"

1616 年 4 月 23 日，因为水肿病恶化，塞万提斯在马德里的家中逝世。一生不幸的塞万提斯在这一天得到了安息，然而命运有时也是值得玩味的，就在他去世的同一天，在不远的英国，另一位世界文学史上赫赫有名的作家莎士比亚也离开了人世，两个为欧洲文艺复兴立下最大功劳的人物在同一时刻撒手人寰，这只能归因于上帝的意旨了。

在堂吉诃德眼中风车是一个恶魔。

想象中的战神鼓舞堂吉诃德与风车作战。

杜尔西内娅，堂吉诃德心中的贵妇人，实际是邻村一个相貌平常的挤奶姑娘。

堂吉诃德

爱神则将堂吉诃德的心引向杜尔西内娅。

堂吉诃德
堂吉诃德是个涂抹着喜剧油彩的悲剧人物。一方面他向往自由，一方面又是个幻想家，在白日梦中上演闹剧。

中世纪欧洲文学

关键词：骑士文学 城市文学 教会文学 英雄史诗

● 概述

欧洲中世纪文学包括从5世纪到13世纪的文学，最显著的特征是基督教文化垄断了一切精神生活领域，成为欧洲封建社会的精神支柱，而古希腊、古罗马文化却由于其世俗的性质而被排斥。当时的教会作家一般都用拉丁文写作，只有世俗文学才使用民族语言或方言来创作。

欧洲中世纪文学一般分为四种类型：教会文学、英雄史诗、骑士文学和城市文学。它们因各自的孕育背景不同而具不同特色。

● 代表作家·代表作品

骑士文学

是以骑士的冒险历程和爱情经历为内容的世俗贵族文学，到12至13世纪时达到顶峰，骑士文学所表现的"骑士精神"虽然反映了此阶层的寄生性和腐朽性，但骑士的荣誉观念及对爱情自由的追求很显然是与中世纪的禁欲主义相背离的。骑士文学包括骑士抒情诗和骑士传奇两种，前者以吟咏骑士对贵妇人的爱慕和忠诚为基本主题；而后者则可被视为一种长篇叙事体诗歌，描写骑士的爱情观念与荣誉观念，其中最为后人所知的是关于亚瑟王和他的圆桌骑士的故事。

城市文学

伴随着欧洲各国城市的兴起、市民阶级的形成与壮大，及其对文化娱乐的需求应运而生，形式多为民间创作，以讽刺和嘲笑的手法来描写日常的现实生活，讴歌市民群众的勇敢机智，将矛头指向反动教会和封建势力，具有强烈的乐观精神和现实精神，成为文艺复兴时期文学的先驱。城市文学的中心也在法国，自12世纪至14世纪曾为此类作品的盛世，其中的《玫瑰传奇》讽刺小说、市民戏剧及市民抒情诗皆为后人敬仰。

英雄史诗

是中世纪文学的突出成就。前期的英雄史诗主要表现日耳曼人在民族大迁移时期乃至更早时代的历史事件及部落生活，这类作品常具有浓郁的神话色彩。著名的日耳曼人的《希尔德布兰特之歌》、盎格鲁－撒克逊人的《贝奥武甫》及冰岛的"埃达"和"萨迦"等皆为其代表作。后期作品是欧洲各民族在封建化的发展进程中产生的，洋溢着浓浓的爱国主义精神和深厚的民族自豪感，且多用自己的民族语言写就，这类作品当为欧洲各民族文学的开山之作。其中法国的《罗兰之歌》、西班牙的《熙德之歌》、德国的《尼伯龙根之歌》及古代俄罗斯的《伊戈尔远征记》为佳作。

教会文学

主要以《圣经》为蓝本，通过描写《圣经》故事来普及基督教教义，宣扬神权至上和禁欲主义。依文学形式来分，它包括韵文和戏剧两种。韵文有耶稣故事、圣徒故事、奇迹故事、祷告文及赞美诗等等；戏剧则分为奇迹剧和神秘剧。尽管如此，某些下层僧侣也写一些诗作来表达普通劳动者的思想感情，如英国的威廉·朗格兰（约1330～1400）创作的长诗《农夫皮尔斯》即揭露了社会的阴暗面，歌颂了下层人民勤劳诚恳的品质。

SHAKESPEARE

说不尽的
莎士比亚

在英格兰中心的沃里克郡，有一座风光秀美的小镇，静静的艾汶河从它的身边缓缓流过，这里是英国大文豪威廉·莎士比亚（1564～1616）的故乡——斯特拉福。莎士比亚是16世纪后半叶至17世纪初期英国最伟大的戏剧家和诗人，欧洲文艺复兴时期人文主义的集大成者。

关于莎士比亚的生辰日期有不少争论，一般认为是在1564年4月23日，又由于莎士比亚确切的逝世日是1616年4月23日，而4月23日又是英国保护神圣乔治日，人们更愿意将天才与神奇联系在一起。莎士比亚在六七岁时被送入镇上的一所文法学校，在文学修养方面接受了最初的训练。然而小莎士比亚的求学过程却因父亲的破产而中断，他不得不辍学回家，帮助父亲做生意。1582年11月28日，18岁的莎士比亚与年长他8岁的安妮·哈瑟维结婚。从1585年到1592年，有关莎士比亚的生平缺乏任何最基本的记载，这在莎士比亚研究中被称为"失落的年代"。有一种说法是当时伦敦的剧团经常到斯特拉福演出，莎士比亚对戏剧产生浓厚的兴趣，便跟随某个剧团去了伦敦。他最初在剧院里打杂，演员不足时就登台跑龙套，或是为演员提词。后来莎士比亚开始编写剧本，直至成为剧团的股东。

莎士比亚的第一个剧本《亨利六世》一般认为写于1590年，而到了1592年，年仅28岁的他已经成为伦敦戏剧舞台上一颗闪耀的新星了。有一段脍炙人口的佳话："大学才子"罗伯特·格林在临终前撰写的题

莎士比亚像

西方文学界将莎士比亚与荷马、但丁、歌德并称为世界四大诗人，而莎翁又被公推为其中第一人。

为《百万的忏悔换取一先令的智慧》一文中告诫自己的同行，要注意对付那些演员出身的竞争对手，"因为他们当中有一只暴发户式的乌鸦，用我们的羽毛打扮自己，用演员的外衣包裹住虎狼般的心；他自以为会写一手漂亮的无韵诗，而且俨然像博学的学者似的，自封为国内独一无二的'震撼舞台'的人物。"话里话外已明确无误地将矛头指向了莎士比亚！这种恶毒的谩骂正好证明了莎士比亚在戏剧舞台上已成为一个不可忽视的重要人物。

正当莎士比亚大踏步开拓自己的事业时，一场恐怖的鼠疫突袭伦敦。在随后的两年中，剧院关门，演员失业，莎士比亚不得不停止戏剧创作，转而开始写作诗歌。也许正是因为如此，我们才能在今天读到他所写的那些美妙的十四行诗。

鼠疫过去后，伦敦的剧院又纷纷开张，并很快形成了两个互相竞争的大剧团——"海军大臣剧团"和"宫内大臣剧团"。莎士比亚属于"宫内大臣剧团"，并成为该剧团的主要股东。从1599年开始，"宫内大臣剧团"有了自己固定的演出场所，这就是赫赫有名的"环球剧场"。莎士比亚的"宫内大臣剧团"常常被召进宫廷，为当时的伊丽莎白女王演出，并深得女王赏识。1603年即位的詹姆斯一世更将莎

士比亚的"宫内大臣剧团"更名为"国王供奉剧团"，在 1604 年 3 月 15 日的加冕典礼上，莎士比亚偕同九名演员加入典礼游行的行列，而他则走在演员队伍的最前面，此时的莎士比亚在戏剧事业上达到了最高峰，真正成为了"独一无二的震撼舞台的人物"。当年格林不怀好意的恶毒攻击反倒成了富有远见的预言。

《哈姆莱特》、《奥赛罗》、《李尔王》、《麦克白》这四部作品在莎士比亚悲剧中占有非常重要的地位，代表了莎士比亚悲剧创作上的最高成就，因此被称为莎士比亚的"四大悲剧"。其中《哈姆莱特》从 1601 年问世至今已四百余年，几个世纪以来，对哈姆莱特悲剧性格的探讨始终是人们感兴趣的话题。西方甚至有一句谚语说："有一千个观众，就有一千个哈姆莱特。"

《罗密欧与朱丽叶》是莎士比亚早期创作的一部充满诗意的悲剧，但无论主题思想还是艺术风格，都和这一时期的喜剧接近。此剧充分体现了作者早期的人文主义思想。《罗密欧与朱丽叶》也成为改编版本最多的莎士比亚戏剧。世界各国的艺术家通过歌剧、芭蕾舞剧、音乐剧、电影等多种形式诠释着这段经典爱情。

大约在 1611 年前后，莎士比亚告别了伦敦的戏剧舞台，重返故乡斯特拉福定居。1616 年 4 月 23 日，莎士比亚在那里与世长辞，享年 52 岁。同时代的朋友兼诗人本·琼森赞誉他为"时代的灵魂"。俄国批评家别林斯基赞扬莎士比亚作品的意义和内容"像宇宙一样伟大和无限"。马克思称莎士比亚是"人类最伟大的天才之一"。

莎士比亚的遗体被安放在斯特拉福教堂的祭坛之下，这是一个生前受到尊敬的人才配享用的殊荣。现在，"艾汶河上的斯特拉福"已成为英国著名的旅游胜地，每年都吸引着众多来自世界各国的莎士比亚崇拜者们前来"朝圣"。按照莎士比亚的遗愿，在他的坟墓上覆盖着一块石碑，上边铭刻着这

全世界是一个舞台，世人无分男女，只不过是演员，上下场各有其时，一个人一生要扮演许多角色。

——莎士比亚

样的诗句：

　　看在耶稣的份上，好朋友，

　　切莫动底下的这坏黄土！

　　让我安息者上天保佑，

　　移我尸骨者永受诅咒。

《亨利八世》英 哈罗

维多利亚时代的画家，特别喜欢再现宏伟的历史场面，莎士比亚的戏剧成了他们的灵感来源。图为哈罗画的莎士比亚剧作《亨利八世》中的一景。国王为与凯瑟琳皇后离婚，召集宗教法庭审理，皇后出庭辩护。

重建的英国剧院

这个大剧院堪称伦敦最著名的建筑，1599 年开放使用，1613 年毁于一场大火，莎士比亚是这个大剧院的股东。很多莎翁的作品都是在这里首演的。

佳作赏析

罗密欧与朱丽叶

来吧，黑夜！来吧，罗密欧！来吧，你黑夜中的白昼！
因为你将要睡在黑夜的翼上，比乌鸦背上的新雪还要皎白。
来吧，柔和的黑夜！来吧，可爱的黑夜，把我的罗密欧给我；
等他死了以后，你再把他带去，分散成无数的星，
把天空装饰得如此美丽，使全世界都恋爱着黑夜，
不再崇拜炫目的太阳……

凯普莱特家与蒙太古家是意大利维洛纳城两个很有名望的大家族。两家一直以来就纷争不断，世代为仇。但蒙太古家的儿子罗密欧却与凯普莱特家的小女儿朱丽叶一见倾心，私订终身。两人在劳伦斯神父的帮助下，举行了婚礼。正当他们还沉浸在新婚的快乐中时，两家的冲突突然爆发。罗密欧因错手杀人被流放。朱丽叶的家人想要把她嫁给巴里斯伯爵。结婚当日，在神父的安排下朱丽叶喝下假死之药。神父派人通知罗密欧赶在朱丽叶苏醒之前返回。罗密欧回来后，在墓地旁杀死了巴里斯伯爵，罗密欧随即饮药而死。朱丽叶苏醒后看到爱人已死，也悲痛地用匕首结束了自己的生命。闻讯赶来的两家人，看到这一对相拥而卧的儿女都异常沉痛。劳伦斯神父把内情讲明，两家人后悔不堪，在罗密欧与朱丽叶的灵柩前，不共戴天的两个家族终于和解。

《罗密欧与朱丽叶》是莎士比亚早期创作的一部充满诗意的悲剧，但全剧却洋溢着积极向上的乐观精神，它更像是一首青春与爱情的赞歌。尽管主人公付出了生命的代价，但爱情与理想最终战胜了仇恨与隔阂。

罗密欧与朱丽叶爱情的伟大不在于一见钟情、热烈如火，而在于它的坚贞不二，情深似海。在年轻美丽的朱丽叶身上汇聚了优秀女性所具有的美德——聪慧、温柔、忠诚、坚贞，还有在生死关头所表现出来的勇敢与自我牺牲精神。在罗密欧与朱丽叶所有的交往中，欢乐总是转瞬即逝，而无法驱散的是无尽的忧伤和悲怆。

全剧的诗化语言也给我们留下了非常深刻的印象。柯勒律治就说，"莎士比亚有意使《罗密欧与朱丽叶》接近于一首诗"；而莎评家海德尔也称它是一出"甜蜜的爱情剧"，而"在一切时间和地点关系上又是传奇、梦和诗"。

原罪史诗

PARADISE LOST 失乐园

约翰·弥尔顿像

1652年弥尔顿双目失明，但他并未因此而放弃生命，而是以更加旺盛的精力创作出大量充满热情的文学作品。他的代表作几乎都是失明后的杰出作品。

约翰·弥尔顿(1608~1674)是17世纪英国资产阶级革命活动家和革命文学的代表，也是英国文学史上最伟大的诗人之一。

他出生在一个清教徒家中，从小受到良好的启蒙教育。1625年弥尔顿进入英国剑桥大学基督学院，后于1632年获得文学硕士学位。1639年弥尔顿参加反对国教的论战，充满革命精神的弥尔顿站在正义的共和国一边，摇旗呐喊，冲锋在前。

弥尔顿的诗歌创作大致可分为三个时期。1625年到1640年是创作初期，此时的诗作充满了诗人对现实问题的关注和对贵族统治的不满。1640年到1660年为创作中期，这一阶段作家写出了很多文笔犀利的政论文，如《为英国人民声辩》、《国王与官吏的职权》等。1660年到逝世是诗人创作的高潮期，包括《失乐园》、《复乐园》、《力士参孙》在内的代表诗作都是在他生命的最后阶段完成的。

1660年斯图亚特王朝复辟，坚持革命信念的弥尔顿受到百般迫害：抄家、逮捕、监禁、财产充公、著作被毁……但弥尔顿毫不妥协，坚持战斗。在黑暗的日子里，诗人冒着随时被人加害的危险勤奋写作。弥尔顿口授诗句给小女儿黛博拉，再由她笔录下来。往往是夜半时分诗神降

文艺小辞典

十四行诗：十四行诗起初是指中世纪流行于民间的用歌唱和乐器伴奏的短小诗歌，后来发展为欧洲的一种抒情诗——Sonnet，音译为"商籁体"。十四行诗由两部分组成：前一部分是两节四行诗，后一部分是两节三行诗，总共十四行。文艺复兴时期，十四行诗在艺术上和表现上日臻完美，对欧洲诗歌发展产生重大影响。

临，激起了诗人无限的灵感，弥尔顿便会叫醒正在睡梦中的女儿记下自己刚刚想起的诗行，然后让女儿重读，再细心推敲修改。正是靠着这样的意志和信念，诗人终于在 1667 年完成了时代的史诗《失乐园》。

《失乐园》是弥尔顿最著名的叙事长诗，全诗共 12 卷，用无韵体写成。史诗寄托了诗人对民主和自由的追求，并深刻体现了弥尔顿的人道主义理想。它的故事取材于《圣经》，描写人类始祖亚当和夏娃受魔鬼撒旦的引诱，偷吃禁果，被上帝逐出伊甸园的故事。失乐园的故事在西方早已家喻户晓，但弥尔顿却将它写得高贵典雅，场画刻画庄严伟大，剧情发展十分和谐，让读者在阅读中感受不到厌倦和冗长，显示了诗人超强的控制力。

弥尔顿在史诗中重新审视了上帝、撒旦与人的关系，使这个神话故事具有了伟大的象征意义。在史诗中，弥尔顿肯定的是人而不是上帝，乐园的丢失让人有了更加充分的尊严。《失乐园》的价值在于诗人赞美了撒旦的反抗。虽然人类的感情冲动常常使自己陷入困境，但人类坚韧不拔、忍辱负重、争取自由的精神却能够战胜这一切。

史诗中大天使亚必迭的形象是弥尔顿自身的真实写照，亚必迭在与撒旦党决裂后成为正义军中最勇敢的战士。弥尔顿以此表明自己是共和国的斗士，而不是一个被放逐者。史诗结尾，亚当和夏娃被逐出乐园时，夏娃对亚当说的话代表了诗人一生为自由而战斗的理想与意志：**"领我走吧，我决不迟疑。和你同行，等于留在乐园。"**

《失乐园》被认为是世界文学史上"文人诗史"的典范，它标志了文艺复兴传统风格向古典主义的过渡，弥尔顿由此被同时代的人奉为与荷马、但丁鼎立的三大诗人之一。

撒旦煽动造反的天使 英 布莱克
布莱克视弥尔顿为英国最伟大的诗人，他喜欢弥尔顿生动的想象力，为弥尔顿的失乐园绘制了大量的油画。此画的场面是撒旦被逐出天国之后，召集天使们反对上帝，"醒来吧！站起来！否则，就永远堕落沉沦下去吧！"

揭露宗教假面的 伪君子

LE TARTUFFE

莫里哀像
莫里哀不但创作出大量剧作，自己本身也是一位出色的演员。

莫里哀(1622～1694)是法国17世纪最著名的古典主义喜剧作家、戏剧活动家。原名让－巴蒂斯特·波克兰，出生于巴黎的一个具有"王室侍从"身份的宫廷室内陈设商的家庭。父亲努力教他生意经，并为他取得了"御用室内装饰师"的继承权；后来又让他学习法律，并买下一张法学硕士的文凭。然而在莫里哀的心里，早就对戏剧情有独衷，直到有一天，忍无可忍的他寄出了宣布放弃继承权而投身戏剧界的信，让父亲无比震惊。

1643年，年轻的莫里哀与十几位热衷戏剧的朋友创办了"盛名剧团"，翌年给自己取艺名"莫里哀"，因为那时的他已是一位不错的演员。然而经验缺乏、经费不足让他们的演出完全失败，作为剧团头目的莫里哀被债主送进监牢，最终由父亲作保，允诺分期偿还债务，才被释放出来。

但是年底莫里哀又加入由资深演员查理创办的流浪剧团，离开巴黎，开始了他长达13年的漂泊生活。期间莫里哀遭遇了种种磨难和不幸，这位富家子弟放弃产业、荣誉和现成的社会享受，终于在思想和情感上与最底层的劳苦大众融合到一起，并最终成为一位深受团员爱戴的剧团领导，一位戏剧事业活动家，一名演技卓越的演员，更成为一位举世公认的戏剧大师。

1658年，经过13年外省流浪生活的莫里哀，赢来了自己戏剧事业

"三一律"："三一律"是古典主义戏剧的创作格律，具体指时间、地点、情节三者的单一，即一出戏里只演一件事，剧情必须发生在同地方，一昼夜之内。这种呆板的创作格律在17世纪的欧洲几乎左右了所有戏剧创作，即使像莫里哀这样的艺术家也受到"三一律"的束缚。

的辉煌。他带领剧团进驻巴黎，国王路易十四授予"御弟剧团"称号，并特别准许他们在王宫里的小波旁剧场演出。

莫里哀到巴黎后上演的第一部作品是喜剧《可笑的女才子》。剧中描写了两个贵族青年分别向两个从外省来的小姐求婚而遭到拒绝，原因是他们不会使用贵族沙龙中高贵典雅的词语来表达爱意。他们让自己的仆人装扮成侯爵前去引逗这两位小姐，使她们顿生爱慕之心。就在她们陷入爱恋时，两位青年揭穿真相，使小姐们无地自容。戏剧受到观众的热烈欢迎，却激怒了贵族阶层，因为莫里哀所要讽刺和嘲笑的正是他们。愤怒、惊恐的贵族们下令禁演此剧，直到国王出面维护才得以平息，莫里哀也由此在巴黎站住了脚跟。

1664年夏，莫里哀最著名的戏剧《伪君子》在巴黎上演，成为当时法国的一大新闻。17世纪60年代，反动的天主教组织"圣体会"势力猖獗，他们的活动渗透整个上层社会，甚至包括王太后。人们对这个组织深恶痛绝，莫里哀创作的《伪君子》正是对它进行的深刻讽刺。怒不可遏的"圣体会"神甫冲上舞台，谩骂莫里哀是装扮成人的魔鬼，王太后出面要求国王下令禁演该剧。

《伪君子》被剥夺了上演的权利，直到1669年禁演令才被国王撤消，《伪君子》终于按原剧本正式演出，观众如潮水般涌入剧场，一连数星期，场场爆满。莫里哀达到了他戏剧事业的颠峰。从1680年法兰西喜剧院

莫里哀作品《吝啬鬼》剧照
莫里哀在《吝啬鬼》中塑造了一个守财奴的形象——阿巴贡，后来这个人物几乎成了吝啬鬼的代名词。

成立到 1960 年止，这出喜剧演出了 2654 场，还不包括其他剧团和外国的演出。在法国戏剧历史中，它的演出量一直占据着第一位。

1673 年 2 月 17 日，莫里哀的最后一部戏《无病呻吟》演出到第四场，他亲自担任剧中主角，表演逼真生动，博得观众的热烈喝彩。然而此时的莫里哀正在患病，由于咳嗽震破了喉管，当掌声尚未停息时，他的生命已经结束在舞台上了。

莫里哀一生致力于戏剧事业，他掀开了法国乃至欧洲戏剧新的一页。歌德对他的评价是："**他是一个独来独往的人，他的喜剧接近悲剧，戏写得那样聪明，没有人有胆量想模仿他。**"

1635 年法兰西学院成立，文艺理论家布瓦洛曾劝说莫里哀放弃演丑角的行当，才能获得院士资格，莫里哀谢绝了他的好意。莫里哀去世后，路易十四曾问布瓦洛，在他统治期间，谁在文学上为他带来最大的光荣？布瓦洛回答："陛下，是莫里哀。"为了弥补自身的错误，更为了纪念已经离世的莫里哀，法兰西学士院为他树立了一尊石像，上面刻着意味深长的诗句："他的光荣什么也不少，我们的光荣却少了他。"……

意大利的艺术喜剧这种表演形式动作与歌唱都非常细腻与夸张，给莫里哀的戏剧创作以深刻的影响。

ROBINSON CRUSOE

崇尚冒险的 鲁滨孙漂流记

丹尼尔·笛福(1660～1731)是英国18世纪启蒙文学的重要作家,就像他的代表作《鲁滨孙漂流记》中的人物一样,笛福有着不同寻常的神奇经历。

笛福出生在伦敦,年轻时开始经商,这让他的一生充满了惊险和刺激。1684年,他已在英国商业界确立了自己的地位,成为远近有名的大商人。然而他的商业扩张遭到打击,因无法支付巨额款项而被迫在1692年宣告破产。从头再来的笛福于1697年因创建砖瓦厂再次获得巨大成功,他又一次失去了前进的动力和兴趣。笛福开始去寻找更刺激也更危险的事情,1698年出版了他有生以来的第一本著作《计划论》,书中的某些思想虽然在两个世纪后被人们广泛认同和接受,但在当时却给笛福带来了太多的政敌,这为他以后的生活构成了极大的潜在威胁。

1702年笛福发表了匿名小册子《惩治新教教徒的捷径》,在党派之间引起巨大的震荡与反响,新教教徒更是想要将写作者绞死。当他们得知笛福是真正的作者后,狂暴的情绪终于找到了发泄的对象。新教教徒获准逮捕笛福,并判处他无期徒刑,连续三天在伦敦三个不同的公众地点带枷示众。然而命运对于笛福再一次显示出它的宽容与可爱,走投无路的笛福没有放弃自己,想尽一切办法为自己开脱,终于在第二年得到了女王的赦免。

笛福在60岁时告老还乡,并开始动笔撰写《鲁滨孙漂流记》,该书于1719年完成,出版后大获成功。从此一发不可收拾,短短几年内

笛福肖像
笛福的一生大起大落,悲喜交集,充满了传奇色彩,因此他将鲁滨孙的经历看作是自己一生的写照。

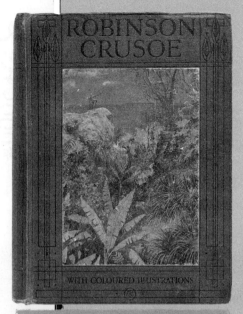

《鲁滨孙漂流记》彩图版英文封面
《鲁滨孙漂流记》自1719年出版以来，几百年来，仍畅销全世界。

一鼓作气写出了多部有影响的作品，如《辛格尔顿船长》(1720)、《摩尔·弗兰德斯》(1722)、《罗克萨娜》(1724)等，这一切让笛福成为英国第一位伟大的现实主义小说家。

鲁滨孙出身于中产阶级，最大的梦想是航海远征。他三次出海经商均以失败告终，但坚定的鲁滨孙还是选择了再次出海，这一次船只遇到暴风雨触礁，所有人都不幸遇难，只有鲁滨孙侥幸生存，孤身飘流到一个杳无人烟的岛上。

鲁滨孙在荒岛上的经历是全书的精华。在克服了最初的绝望情绪后，鲁滨孙凭着自己顽强不息的精神通过劳动同大自然做斗争，表现出惊人的毅力。他在岛上种植大麦和稻子，自己加工面粉，烘出了粗糙但味道很好的面包；他努力寻找离开孤岛的方法，曾用了大半年的时间做成一只独木舟，但因船体太重无法拖下海，乐观的鲁滨孙没有绝望，转而去建造小船。

就这样鲁滨孙在岛上独自生活了17年，凭借自己的积极乐观坚强地挺了下来。一天鲁滨孙发现海岸上有人的尸骨，并有生火的痕迹，原来是外岛的一群野人在此举行了人肉宴，鲁滨孙惊恐万分。直到几年后，岛上又来了一群野人，并带着一些准备杀死吃掉的俘虏。鲁滨孙救出了其中的一个土人并为他取名"星期五"。此后"星期五"成了鲁滨孙忠实的仆人和朋友。不久一条英国航船在孤岛附近停泊，船上的水手造反，将船长等三人抛在岛上，鲁滨孙与"星期五"帮助船长制服了那帮水手，夺回船只。他把水手们留在岛上，自己带着"星期五"和船长等人离开荒岛，终于回到英国。

鲁滨孙是一个劳动者，同时也是资产者和殖民者，他顽强不息地与大自然作斗争，既是为了生存，也是为了占有财富和土地，因而表现出强烈的资产阶级创业精神和启蒙意识，反应了资本主义原始积累时期新兴资产阶级的精神面貌。

这部探险家式的神奇小说于1719年出版后，受到世界各国读者的热烈欢迎，笛福也因此被誉为"英国和欧洲小说之父"，他用生动逼真

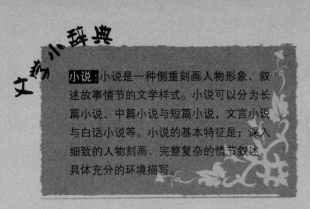

文物小辞典

小说：小说是一种侧重刻画人物形象、叙述故事情节的文学样式。小说可以分为长篇小说、中篇小说与短篇小说，文言小说与白话小说等。小说的基本特征是：深入细致的人物刻画、完整复杂的情节叙述、具体充分的环境描写。

的细节把虚构的情景写得使人身临其境，让故事具有强烈的真实感。作品语言朴素生动，文字通俗易懂，对英国小说的发展起到了极其重要的作用，小说主人公鲁滨孙也因此成为欧洲文学史上著名的文学形象。美国专栏作家费迪曼曾这样评价这部小说："儿童时期，这部书只是读来有趣，成人之后再读，就会知道这是不朽的杰作。"

笛福带枷示众

笛福在政治上树敌甚众，加之其匿名小册子《惩治新教教徒的捷径》的出版触怒了新教徒，因而遭到新教徒的逮捕，被处以空前的刑罚——巨额罚款、连续三天在伦敦三个不同的地点带枷示众。笛福的勇敢和幽默赢得了许多人的同情，他被示众时，群众向他投来的不是石头，而是鲜花。

享誉世界的讽刺名著

格列佛游记

乔纳森·斯威夫特(1667～1745)是英国启蒙运动的文学创始人之一,也是18世纪英国杰出的政论家和讽刺小说家。

1726年斯威夫特完成他的代表作《在世界几个边远国家的旅行》,即《格列佛游记》,为他带来了世界性的声誉。斯威夫特一生所写的大量作品几乎都不署名,但《格列佛游记》是个例外。

《格列佛游记》是一部对当时英国的政治、经济、社会、法律、风俗、习惯进行深刻揭露的极富战斗性的现实主义作品,但读起来却像是一部奇幻而诙谐的儿童读物。

小说主人公雷米尔鲁·格列佛向往航海冒险,婚后便乘着"羚羊号"轮船出海去寻找自己的梦想。格列佛的第一次出航驶向南太平洋,大船遭遇暴风雨,漂流到小人国里里帕岛上。岛上居民的身高只有六寸左右,和这些小人相比,格列佛是名副其实的巨人。格列佛的真诚得到了小人们的信任,受到他们热情的招待。邻国用战舰对小人国发动进攻,格列佛独自一人把敌国的50艘战舰拖回小人国的港口,立下大功。

斯威夫特画像

斯威夫特在欧洲文学史上也许算不上一个一流的作家,但他却是一个举足轻重的作家,因为他创作的长篇小说《格列佛游记》在欧洲文学史上有着特殊意义,他是近代欧洲长篇小说的奠基人之一。

小人国国王害怕格列佛会谋取他的王位,想要加害于他,格列佛仓皇逃走,第一次出海就此告一段落。

不久格列佛随"冒险号"再次出航,这次船阴错阳差地搁浅在巨人国。那里的人身高60尺,只用拇指和食指就能将格列佛抓起,此时的格列佛又变成了彻头彻尾的"小人"。被农夫捉住到处"卖艺"。农夫将格列佛送入宫廷,格列佛趁陪同国王视察的机遇逃回到了家乡。

不久格列佛第三次出海历险。这一次他乘坐的船被日本海盗攻击,被迫来到日本和那古那古国。在那古那古国格列佛发现了一个奇怪的现象,这里的人只要发出一种奇怪的哀鸣就不会死掉,这让格列佛感到十分惊讶。

在第三次航行结束几个月后，格列佛进行了他生命中的最后一次航行。途中水手叛变，他被流放到慧骃国。这是一个充满高度理性和高雅气质的国度，人长得像马一样，具有优良的智慧和礼节，但对人类却十分排斥，认为人类有太多的缺点。格列佛不知不觉爱上了这个理想的国度，并奢望能在这里一直生活下去，然而慧骃国决定驱逐格列佛，他只好无奈地重返英国。回国后的格列佛从此与马为友，这让他的家人都觉得十分奇怪。

英文 1948 年版《格列佛游记》

《格列佛游记》的内容充满了奇异的幻想，但其内涵却处处表现了英国社会的现实，寄托了作者的理想。斯威夫特以神奇的想象、寓言的笔法和尖锐的批判，为我们塑造出一个个丰富多彩、童话般的幻想世界。而这种幻想又与现实世界和谐地统一在一起，很多有趣的故事已成为世界人民的共同艺术财富。

《格列佛游记》自出版以来，被翻译成数十种文字，成为世界各国文学爱好者的常备书。《格列佛游记》是最早被介绍到中国的英国文学名著，1872 年被译作《谈瀛小录》登于《申报》。这部作品甚至响影到《镜花缘》、《老残游记》等作品的创作。

《格列佛游记》不仅在全世界的读者中具有很大的影响，即使是对著名的作家也具有很强的吸引力。英国作家乔治·奥威尔一生中就读了不下六次《格列佛游记》，他说："如果要我开一份书单，列出一生仅能保留的六本书，我一定会把《格列佛游记》列入其中。"

斯威夫特辉煌的文学创作以及为爱尔兰自由独立所进行的斗争，赢得了爱尔兰人民的尊敬。1737 年 11 月，整个爱尔兰用钟声、篝火和美酒庆贺他的七十寿辰。1745 年斯威夫特病逝，死于精神病瘫痪的斯威夫特葬礼极其简单，他早在 1735 年便写好了墓志铭："如今，狂想再也不能折磨他的心，去吧，过路人，如有可能，请你向他那样，为保卫人类的自由而奋斗！"

振聋发聩的书信体讽刺小说

波斯人信札

THE PERSIAN LETTERS

《波斯人信札》是法国启蒙运动的第一部重要的文学作品，在法国启蒙思想的传播过程中起到了不可估量的作用，它为启蒙文学奠定了基础，并对18世纪的法国文学具有重大影响。

作者孟德斯鸠（1689～1755）出生于法国西南部吉伦特省的重要城市波尔多附近的一个贵族家庭，原名沙利·路易·德·斯贡达。斯贡达家族是一个年代久远、人才辈出的"长袍贵族"家族，孟德斯鸠的父亲才华出众、气质非凡；母亲血统高贵，风采过人，出嫁时还为婆家带来了庄园和封地。孟德斯鸠从小在家中接受教育，后被送到莫城主教辖区的朱伊公学学习，他刻苦攻读，才情非凡，受到人们的赞许。1705年毕业后的孟德斯鸠回到故乡，在波尔多大学专修法律。1708年，19岁的他获得了法学学士学位和硕士学位以及律师从业资格，从此开始了自己的律师生涯。次年孟德斯鸠来到巴黎，用心经营自己的事业并小有成就，直到1713年父亲去世，他才从巴黎回到波尔多，并在家乡定居数年。1714年孟德斯鸠任职波尔多法院参议，后升任法院院长。

在此期间，孟德斯鸠的兴趣渐渐转向文学创作，并写过一些很难引起人们注意的短篇论文，但其最重要的成就则是创作了举世瞩

孟德斯鸠像

目的《波斯人信札》。该书的准备工作从 1709 年孟德斯鸠初入巴黎时就开始酝酿,从那时起直到 1720 年,孟德斯鸠花了十多年的时间进行构思与写作,最终完成了这部法国文学史上乃至整个启蒙运动中具有划时代意义的著作。

1721 年春,孟德斯鸠带着完成的手稿重返巴黎,找到当时很有名望并颇具文学素养的朋友德穆兰牧师,请他指点意见。德穆兰牧师看完书稿后兴奋地说:"这部书将会像面包一样成为人人争购之物!"1721 年夏,《波斯人信札》首先在荷兰阿姆斯特丹问世,立刻使作者一举成名,成为当时巴黎乃至全欧洲最畅销的书,仅在一年内就再版 10 次,而在孟德斯鸠生前竟再版了 20 多次。

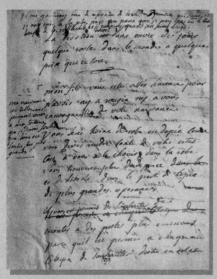

孟德斯鸠创作手稿

在孟德斯鸠死后,人们开始对他进行大量的思考研究,使得他发表的作品的内容更清晰,让我人更清楚地走近这位属于全世界的伟大作家。

文学小辞典

启蒙运动:18 世纪欧洲资产阶级继文艺复兴后进行的第二次民主主义思想文化运动,反对教会神权和封建专制。"启蒙"(Enlightenment)一词指当时进步的思想家提倡的用近代文化启迪人们的理性和智慧,照亮被基督教会和贵族专制迷信所愚昧的封建社会。启蒙运动最先开始于法国,孟德斯鸠、伏尔泰、狄德罗、卢梭等人是当时涌现出的卓有成就的启蒙思想家。启蒙运动对文学的影响主要表现在很多思想家直接以文学为宣传的武器,如伏尔泰的哲理小说,卢梭的《新爱洛伊丝》等。这些文学作品冲破古典主义的束缚,为近代现实主义文学开辟了道路,具有鲜明的倾向性和教诲性,重视文学的教育功能。为了更好地面向广大平民,启蒙思想家还创造了很多新形式,如哲理小说、严肃喜剧、书信体小说等。启蒙运动的影响范围广,持续时间长,被视作德国"狂飙突进"的前奏,为俄国的民主革命起了思想准备的作用。

《波斯人信札》是孟德斯鸠唯一的一部文学作品，**它不仅是一部优秀的书信体哲理小说，也是一部出色的散文名作。**全书由160封信组成，没有完整的故事情节，却写得生动有趣，引人入胜。孟德斯鸠在书中假托波斯人的面目出现，塑造了两个为寻求"贤智之道"而来欧洲旅行的波斯人郁斯贝克、黎伽，他们在巴黎寄居近10年，期间同国内的朋友、侨居国外的波斯人以及他们两个之间留下了大量的通信，信中天马行空、兴致所致无所不谈，对法国的政治、社会、宗教、哲学、历史等众多问题发表他们的议论，从各种角度抨击和讽喻了当时法国社会腐朽没落的封建制度和习俗，借此引导人们与之进行斗争。在书中孟德斯鸠明确表明了自己的观点：他反对君主专制和天主教摄政，痛斥侵略战争；他用讽刺的笔调勾勒出封建上层社会的丑恶嘴脸，如荒淫无耻的教士、夸夸其谈的沙龙绅士、傲慢无知的名门权贵、在政治舞台上穿针引线的荡妇等，以此激发法国人民的革命精神。

　　《波斯人信札》所呈现的显然是法国新兴资产阶级的思想感情，它不仅表达了作者对于反动势力的深恶痛绝，而且用形象生动的语言抒发了作者对未来社会的美好理想，使之成为当时的第三等级——新兴资产阶级的代表们破坏旧的封建专制制度、建立新的资本主义制度的最锐利的思想武器。

《一个坐着的波斯人》水粉画 法 安托万·瓦托
孟德斯鸠故意描绘了一个东方人眼中的欧洲画卷，尽管饱受非议，但只有这样才可以通过第三只眼反映欧洲世界的种种。

它活泼新颖的体裁、清新流畅的文笔和敏锐机警的思想，一同奠定了其思想与文学巨著的地位。

文艺复兴时期欧美文学

（公元14～17世纪）

关键词：文艺复兴 人文主义

● 概述

　　14世纪初到17世纪，欧洲出现了文艺复兴运动。人文主义是这一时期资产阶级世界文学的中心思想。文艺复兴时期的文学是欧洲近代文学的开端。欧洲各国有三种文学并存——人文主义文学、民间文学、封建文学。人文主义文学在当时占主导地位，带来欧洲文学史上一个新的繁荣时期。

● 代表作家·代表作品

意大利文学
彼特拉克（1304～1374）《歌集》

薄伽丘（1313?～1375）《十日谈》

塔索（1544～1594）《被解放的耶路撒冷》

德国文学
埃拉斯慕斯（1466～1536）《愚蠢颂》

马丁·路德（1483～1546）德语《圣经》

民间文学《浮士德博士传》（1587）

法国文学
蒙田（1533～1592）《随笔集》

拉伯雷（1494?～1553）《巨人传》

西班牙文学
流浪汉小说《小癞子》（1553）

塞万提斯（1547～1616）《堂吉诃德》

维加（1562～1635）《羊泉村》

英国文学
杰弗利·乔叟（1340?～1400）《坎特伯雷故事集》

托马斯·莫尔（1478～1535）《乌托邦》

斯宾塞（1552～1599）《仙后》

莎士比亚（1564～1616）（欧洲文艺复兴时期文学最杰出代表）

《哈姆雷特》、《威尼斯商人》、《罗密欧与朱丽叶》（见51页"佳作赏析"）等。

启蒙运动领袖

VOLTAIRE

伏尔泰

伏尔泰像
如今的人们，提起伏尔泰就会想要自由和勇敢的批评精神。

伏尔泰（1694～1778）原名弗朗索瓦·玛丽·阿鲁埃，出生在法国巴黎一个富裕的资产阶级家庭。他在法国轰轰烈烈的思想革命中积极活动了60多年，是影响人类进程的世界级哲学家、史学家、政论家，同时还是诗人、小说家和剧作家，总而言之是一位不容争辩的启蒙泰斗。雨果曾经说过："**伏尔泰的名字所代表的不是一个人，而是整整一个时代。**"

在所有学识渊博、多才多艺、智勇兼备的文化巨人中，作为启蒙泰斗的伏尔泰，其传奇地位的确立是与他的两次铁窗生涯紧密相连的。

当刚满20岁的伏尔泰开始文学创作的时候，他因发表了一首题为《小孩的统治》的讽刺诗攻击宫廷的淫乱生活，而于1717年被关进巴士底狱。在狱中他奋笔疾书，完成了自己的第一部悲剧作品《俄狄浦斯王》。在被囚禁了11个月后，伏尔泰于1718年春获释。同年秋天，剧作在巴黎法兰西剧院公演，获得巨大成功，正是这个剧本和史诗《亨利亚德》一起，为伏尔泰赢得了"法兰西最优秀诗人"的桂冠。

正当伏尔泰万事顺遂、踌躇满志之时，一场厄运却迎头而来。1726年初的一天，伏尔泰与他的情人、法兰西剧院红极一时的女演员阿德里安娜在她的家中，阿德里安娜的旧好洛昂突然闯入辱骂伏尔泰，不肯在女人面前丢脸的伏尔泰与之拳脚相向，两人一时打得难解难分。三天后，伏尔泰到朋友家做客时又遭打手毒打，坐在车中的洛昂指挥着殴打场面，随后扬长而去。伏尔泰蒙受冤屈却无人愿意帮助他上诉抗争，虽有雄辩的口才，但上流社会的大人物们官官相护，并没有把他看作是同僚。伏尔泰上告无门，便收买一伙地痞流氓，准备报复。洛昂通过上层人物的疏通诬告伏尔泰，竟得到国王的庇护，伏尔泰反因聚众闹事罪被法庭起诉，再次投入巴士底狱。

伏尔泰两度入狱，特别是第二次被捕入狱的遭际，使他幡然醒悟。他认识到这场纠葛表面上是情场争斗，实际上是自己与法国专制政体长期冲突的必然结果。这种认识为他日后启蒙主义世界观的形成奠定了基础。

1733年，38岁的伏尔泰在一次晚宴上与26岁的夏德莱夫人邂逅，她是伏尔泰先前一位好友的女儿，聪颖过人，19岁时嫁给夏德莱侯爵，但生性多情的她并没有停止自己对爱情的追逐。伏尔泰被夏德莱夫人雍容华贵的仪表和才气所征服，两人志同道合，甚是和谐相爱，事实上他们一共同居了16年，他们的故事成为18世纪法国文坛上的一段佳话。然而他们的结局并不如伏尔泰所期望的那般完美。夏德莱夫人依旧多情难改，与一位年轻侍卫队长发生关系并怀孕，结果在孩子降生时难产而死。当伏尔泰从夏德莱夫人手上脱下那枚曾佩戴着自己肖像的戒指时，却发现里面镶嵌着圣朗贝尔的画像。伏尔泰伤心欲绝："这就是女人，我将一名男子赶出了这只戒指，圣朗贝尔又把我赶了出来。"

在1726年至1729年之间，伏尔泰曾侨居英国，期间回国秘密出版

在波茨坦的无忧宫，伏尔泰与普鲁士弗里德里克大帝共同进餐。伏尔泰后来回忆说："世界上任何其他地方都不会像这里可以这样自由交谈。"

伏尔泰去世后备受轻视，尸体被拉到巴黎城外的一个寺院埋葬。在大革命中，他的灵柩被运回首都，装在大马车上，在凯旋的行列里驶向他最后的安息之地潘提翁神殿。

法文版《老实人》的插图
这部作品是伏尔泰读者最多的作品，作者以乐观的哲学态度嘲讽了宗教狂热。

了《哲学通讯》，抨击封建专制，遭到当局的查禁。他再次逃到外地，在夏德莱夫人的庄园里隐居10年，他的大部分著作都是在这一时期写就的。1746年，伏尔泰当选为法兰西学士院院士及俄国科学院名誉院士。在伏尔泰的文学创作中，数量最多的要属戏剧作品了，尤以悲剧著称，如《查伊尔》、《布鲁图斯》、《恺撒之死》等，它们都颂扬了民主精神，批判宗教偏见。其中写于1775年的《中国孤儿》，是根据元曲《赵氏孤儿》改编的，体现了伏尔泰对中国文化的热爱。

伏尔泰最具代表性的作品还是哲理小说，包括《老实人》、《天真汉》、《查第格》等，其中以《老实人》影响最大。《老实人》全称《老实人，或乐观主义》，主人公"老实人"认为任何不如意的事情都是暂时的，而完美则是永恒不变的定律。然而在现实中，他却苦难不断，最终他认识到了世事并非在和谐发展，人们的生活也并不是至善至美。《老实人》的哲理很简单，即不管是自然灾祸还是人为苦难都与上帝无关。人们只有通过理智和正义，努力与邪恶势力斗争，世界才能逐渐变得更加美好。

伏尔泰晚年声誉日隆，他广泛联系社会各界人士，写了很多小册子和信件抨击教会专制统治，推动进步的思想运动。一时间他的住所成为欧洲启蒙运动的中心，**伏尔泰也当之无愧地成了启蒙运动的领袖。**

1778年3月30日，伏尔泰出席了法兰西学士院大会，并被推选为院长。然而也是在这一年，得到巨大荣誉的伏尔泰离开了人世，享年84岁。

"卢梭主义"百科全书

JULIE OU LA
NOUVELLE HELOISE

新爱洛伊丝

法国启蒙思想家、作家卢梭（1712～1778）出生于日内瓦附近的一个钟表匠家庭，在他刚出生时母亲就因难产而去世。在卢梭的童年时代，他又遭到父亲的遗弃，14岁便开始了学徒生涯，受尽凌辱。16岁时卢梭来到瑞士日内瓦，依旧过着流浪汉般的悲惨生活，做过仆人、店员、家庭教师等很多下等工作。

生活的不幸让卢梭有机会观察到社会现实的真正面目，也使他对社会的不平等有了足够深刻的认识。1732年卢梭投奔华伦夫人，生活日趋稳定，他开始以惊人的毅力自学哲学、历史、天文、地理、物理、化学和音乐等各种学科，凭借自己的努力掌握了渊博的知识，成为一名博学多才而令人敬佩的人。

1750年卢梭应第戎学院征文所作的《论科学和艺术》获奖，次年该书出版获得了巨大的成功。他在标题页上以"一个日内瓦公民"自称，由此"日内瓦公民"就成了卢梭的代名词。《论科学和艺术》给卢梭带来了巨大的名声。1755年卢梭又应征写就《论人类不平等的起源与基础》，虽未获奖，却意义深远。

卢梭的文学代表作包括《新爱洛伊丝》、《忏悔录》、《爱弥尔》等，都洋溢着个性解放、反对封建专制的激昂情绪。其中《新爱洛伊丝》被认为是18世纪欧洲文学中

受迫害的卢梭

1762年卢梭的《爱弥尔》出版，惹恼了法国最高法院中的詹森教派教徒，在巴黎，他们下令焚书、逮捕作者，卢梭的好朋友卢森堡帮助他逃离法国。从此，卢梭开始了像亡命徒一样从一个避难处到另一个避难处的颠沛流离。

《新爱洛伊丝》插图
在这部爱情小说中卢梭将主人公塑造了他自己无法达到的幸福的化身。

纪念卢梭的革命寓意画
卢梭因提出民众意愿，而被人民看作是法国大革命之父。

内容最丰富的小说之一。它的情节十分简单，故事发生在瑞士美丽的日内瓦湖畔，描写了一对感情深厚的表姐妹朱莉和克莱尔，还有热情文雅的青年圣普乐，他实际上就是卢梭自己的写照。圣普乐既是朱莉的情人，又是克莱尔的知己。

年轻漂亮的朱莉爱上了她的家庭教师——贫困潦倒但充满才华的青年圣普乐，然而她的父亲却反对他们之间的交往，认为圣普乐配不上自己的女儿，并把朱莉强行许配给了比她大30岁的有钱人沃尔玛。伤心绝望的圣普乐得到了克莱尔最真挚的安慰，在好友的指引下随海军舰队远游异域，想借此忘掉与朱莉的爱情。朱莉与沃尔玛结婚了，但她的内心还是想要把圣普乐当作自己永远的情人，然而在庄严的婚礼上，朱莉似乎明白了生活的真谛——在"那洞察一切的神的眼睛"的注视下，她端正了自己的内心，抛弃了与圣普乐私通的邪念，而要一心一意地爱自己的丈夫。她并非不爱圣普乐，但他只能作为她心灵上的寄托。她的爱没有熄灭，相反得到了可贵的升华。从这时起，小说出人意料地开始对朱莉与沃尔玛的结合大唱赞歌，婚后她与丈夫共同努力，在自己的庄园里过着幸福的生活。四年后圣普乐远游归来，他受到了沃尔玛的真心款待。圣普乐看到沃尔玛和朱莉相亲相爱，并组成了一个理想的家庭而暗自神伤，但他在朱莉和沃尔玛身上看到了人世间真正的美德，正是美德使朱莉克制了自己对圣普乐的爱，成为一名贤妻良母。

在小说结尾处，一切又有了转折。朱莉因病不幸去世，在她写给圣普乐的遗书中要求他能够教育她的孩子，并承认沃尔玛想以自己的美德

《爱弥尔》插图
爱弥尔是卢梭另一部代表作品。这部讨论教育问题的哲理小说在世界近代教育史上占有重要位置。

感动她放弃对情人的爱，然而她却一直没有忘记过这份爱，她期待着与他在另一个世界里永世结合。

小说借用 12 世纪法国少女爱洛伊丝与老师阿贝拉的恋爱悲剧将书名取为《新爱洛伊丝》，虽然卢梭描写的是爱情，但是他的笔却触及了"与整个社会秩序有关的风俗"，对友谊、爱情、子女教育、家庭治理、决斗、自杀、法国音乐和戏剧以及人类社会的种种弊端都表达了自己深刻的思想。小说赞美纯洁的爱情和友谊，崇尚以真实感情为依托的恋爱、婚姻，同时也肯定了道德和义务的原则，表现出作者逐步清晰的启蒙思想。

《新爱洛伊丝》问世后，获得巨大成功，同时代大量此书的评价、续编层出不穷，许多文人把他看作是自己的导师和精神领袖。

哲理小说的里程碑

拉摩的侄儿

RAMEAUIS NEPHEW

法国作家、启蒙思想家狄德罗 (1713 ~ 1784) 出生于法国外省小城朗格尔的一个剪刀匠之家，少年时性情温和、兴趣广泛而有主见。父母在他 10 岁时将他送进当地的耶稣会学校，但求知欲强、见解独立的狄德罗对哲学和文学的兴趣却远比神学和法学浓厚。父亲对"不务正业"的儿子深感失望，断绝了他的经济来源。身无分文的狄德罗在巴黎度过了整整 10 年的流浪生活。穷困磨炼了狄德罗的意志，正是在这种恶劣的条件下，他刻苦钻研各种学问，并掌握了丰富的实践知识，成为公认的最博学的人。

1745 年，狄德罗接受了出版商的委托，与达朗贝一起主持编纂《百科全书》，从此为这部规模空前的鸿篇巨制倾注了毕生的心血。

狄德罗肖像　弗拉戈纳绘
狄德罗花费了二十年的时间完成了一项具有纪念意义的工程，那就是《百科全书》的创作。

当时法国著名的学者几乎都被他搜罗进自己的写作班底，如爱尔维修、伏尔泰、卢梭等，**由于他们拥有共同的唯物主义启蒙思想，崇尚理性和科学，因此被称为"百科全书派"。**至 1780 年，35 卷本的《百科全书》终于出齐，其中狄德罗亲自撰写了一千多篇条文。

在文学方面，狄德罗以哲理小说为手段，对 18 世纪法国封建社会的现实作了深刻的揭示与刻画，也使他成为当时法国文坛上的重

狄德罗作品简表

戏剧作品

《私生子》	(1757 年)
《一家之主》	(1758 年)

文学作品

《修女》	(1760 年)
《宿命论者雅克和他的主人》	(1773 ~ 1774 年)
《拉摩的侄儿》	(1762 年)

美学著作

《美之根源及性质的哲学研究》	(1750 年)
《沙龙》	(1751 ~ 1781 年)
《绘画论》	(1765 年)

要作家，其代表作《拉摩的侄儿》被认为是哲理小说的里程碑式的作品。这部作品在作者生前并未发表，最早面世的是 1805 年歌德翻译的德文本，直到 1891 年原稿在巴黎被发现，才得以在法国出版。

小说没有固定的情节内容，采用对话体的形式进行描述。作者在巴黎街头的一个咖啡馆里结识了拉摩的侄儿，此人实有其人，他的权父是法国著名的作曲家让·菲利普·拉摩。拉摩的侄儿是一个落魄潦倒的小文人，也是一个行为放荡的流浪汉。他们两人之间的对话构成了小说的全部情节。

对话以谈论天才开始。拉摩的侄儿提到，他的叔叔是一个不折不扣的天才音乐家，但却没有留给他任何财产，所以他从心里憎恨天才。他

法文版《百科全书》
这是狄德罗和达朗贝编写的《百科全书》第一版，后成为法国国王路易十六的私人藏品。

Charles Panckoucke aux Auteurs de l'Encyclopédie

《狄德罗和达朗贝》版画 这是人们为纪念《百科全书》的作者而创作的。中间两位是狄德罗（上）和达朗贝两位主编，周围则是其他参与编写的人员，如卢梭、伏尔泰等。

也曾辛苦经营过很长时间的音乐事业，但却无人赏识，只好在街头以卖艺为生，并由此失去了美貌的妻子。在流浪中他目睹了当时社会上的种种荒唐现象：正义不能伸张，道德一文不值，人格和尊严更是卑微至极。面对各种各样的丑恶，他不再钻研音乐，而是决心以玩世不恭的态度来对待世界，靠阿谀逢迎和故作丑态来取悦达官显贵，成为一个彻彻底底的寄生虫。这些赤裸裸的言论让狄德罗的说教显得软弱无力，最后拉摩的侄儿意味深长地对哲学家说："但愿我再经历40年的人生不幸，而笑到最后的人才是笑得最好的……"

拉摩的侄儿与作家的对话，不仅揭示了封建专制的罪恶真相，而且也深刻地反映了发展中的资本主义关系的某些丑陋特征。歌德对这部作品非常赞赏，说它"像一颗炸弹那样在法兰西文学领域中炸开"。马克思称《拉摩的侄儿》是能给人以新的享受的"无与伦比"的作品，并将它推荐给恩格斯，后者称誉它是"辩证法的杰作"。

1784年7月30日，71岁的狄德罗溘然长逝。临终前他还跟朋友们谈论着科学和哲学的问题，这个一生都在表达"危险思想"的哲学家讲的最后一句话是："怀疑是迈向哲学的第一步。"

搅动青年心灵的
少年维特之烦恼

欧洲启蒙运动后期最伟大的作家、德国文学史上最优秀的诗人歌德（1749～1832），出生于莱因河畔美丽而古朴的名城法兰克福。1765年歌德到莱比锡大学攻读法律，1768年因病辍学。1770年他进入斯特拉斯堡大学继续学习，并于次年获得法学博士学位。早在1773年歌德便写出了著名的戏剧《铁手骑士葛兹·封·伯里欣根》，一夜之间蜚声德国文坛。1774年歌德发表了中篇小说《少年维特之烦恼》，一经推出便引发了巨大的反响，也由此奠定了歌德在当时德国文坛的重要地位。

1776年歌德被任命为魏玛公国的枢密顾问，从此他成为魏玛公国的重臣，并一度主持国政，力图进行改革。然而随着阻力的增强，特别是他对科学研究与文学创作的强烈爱好，使歌德陷入一种矛盾的境地。1786年秋，歌德

歌德在罗马
德国最伟大的诗人，也是自文艺复兴以来，世界文坛上的文学大师，其文学贡献广及各种文体。最为世人熟知的作品是《浮士德》。

《少年维特之烦恼》中女主人公原型夏绿蒂水粉画肖像

德文版《少年维特之烦恼》1954年版封面

不辞而别，前往意大利漫游观光，直到1788年6月才返回魏玛。回来后歌德辞去一切政治职务，只负责文化艺术方面的工作。从此歌德专心从事文学创作和科学研究，1790年他成为世界上第一个发现人的腭间骨的人。**1794年歌德开始了与席勒长达10年的精诚合作，共同将德国文学推向历史上前所未有的新高度。**两位诗人共创作了近千首警句与讽刺短诗，并结成《叙事谣曲集》，为后人留下了许多脍炙人口的不朽篇章。歌德则先后创作了小说《威廉·迈斯特的学习年代》、叙事诗《赫尔曼与窦绿苔》，并完成《浮士德》第一部。席勒在1805年的逝世标志了德国古典文学时代的结束。在此后的近30年中，歌德在创作上辉煌不断。他完成了小说《亲和力》，诗集《西东合集》、《威廉·迈斯特的漫游年代》，自传性著作《诗与真》、《意大利游记》以及耗尽他毕生心血的巨著《浮士德》第二部。直到1832年3月22日，一生笔耕不辍的歌德在魏玛逝世。

《少年维特之烦恼》的创作据说与歌德的情感经历密切相关，小说的主人公就是歌德自身的写照。年轻俊朗的维特对已经与人订婚的夏绿蒂一见钟情，想尽办法吸引她的注意力。然而就在夏绿蒂的未婚夫亚伯特旅行回来之后，维特立即感到生活从此蒙上了浓重的阴影。维特在外地谋取了书记官的工作，但他对夏绿蒂的思念却与日俱增。亚伯特与夏绿蒂没有通知他便悄悄地举行了婚礼，这让维特深受打击。维特决心回到心上人夏绿蒂身边，这对夫妇仍把他当成老朋友看待，当他感受到自己和夏绿蒂的爱情无望时，内心的忧愤使他的言行举止变得古怪异常，他开始对人生感到厌倦。圣诞前夜，维特趁亚伯特外出之际来到夏绿蒂身边。他对着夏绿蒂朗诵情诗，并忘情地拥抱了她。第二天维特向亚伯特借了手枪并在当晚午夜自杀……

维特这个形象不仅反映了当时德国青年一代普遍存在的烦恼与苦闷，具有时代的普遍性和启蒙意义；更以其人性化的真实描述跨越了时代的局限，传达了人类性格中所共有的普遍情感。

歌德最伟大的创作是《浮士德》。哲学家谢林说过：**"如果有什么能称为哲学史诗的话，那么这一术语只能运用于歌德的《浮士德》。**把哲学家的深思与诗人的才华连接在一起，这部史诗为我们提供了全新的知识源泉。"作为跟《荷马史诗》、但丁的《神曲》和莎士比亚的《哈姆雷特》并称为欧洲文学四大古典名著的《浮士德》，这一评价是当之无愧的。

宏大而复杂的《浮士德》主要是围绕浮士德一生对知识的追求、对爱情的迷恋、对权势的向往、对艺术和美的执着以及为人类幸福事业的不懈努力这五大发展阶段来分别描述的，它反映了那个时代人类的五种精神向往，也成为今天西方社会所普遍信奉的人生五大理想境界。据说歌德从1770年开始创作这部诗剧，直到1832年才最终完成，前后耗费了62年的时间，实在是一项浩瀚而深远的巨著。歌德在完成《浮士德》后不久便去世了，它也因此被视为歌德创作的最后篇章，同时也是歌德一生中最著名、最重要的一部作品。

德文版《少年维特之烦恼》（1911年版）

《歌德的诞生》
歌德的诞生象征德国文学真正崛起。

抒情歌吟的"桂冠诗人"

WILLIAM WORDSWORTH
华兹华斯

威廉·华兹华斯(1770～1850)出生于英国北部昆布兰郡的水乡科克茅斯的一个律师家庭，当地以星罗棋布的湖泊和秀美的山色而著称。大自然是他儿时最亲密的伙伴，也是他艺术人生的启蒙老师。

1790年华兹华斯游历了法国、瑞士和意大利，亲身感受到巴黎人民攻克巴士底狱的胜利激情，这促使他创作了大学四年里唯一的诗集《黄昏信步》。1792年10月英法战争爆发在即，华兹华斯回到祖国。

回到国内的华兹华斯依然关心政治，潜心写作，执着于对人生意义的探求。在大自然壮美的怀抱中，诗人的想象力得到了最大限度的伸展。在华兹华斯眼中，大自然与人心意相通，能够给人类以精神上的自由、陶冶与启迪，并最终带给人类真正的幸福。华兹华斯借描写自然之美、自然之情进而探讨了自然与人生的关系，在他看来，自然只有通过人的心灵才会得到生命，描绘自然实际上是在描绘人。

华兹华斯与妻子

华兹华斯与妻子回到家乡，创作欲望非常强烈，常常会诗兴大发，而妻子则成了他的第一位听众，有时还充当记录者的角色。

1795年9月，华兹华斯与另外两位诗人柯勒律治和骚塞结识，三人很快结下了真挚的友谊，从此18世纪90年代初的英国诗坛上出现了"湖畔派"诗人这一称号，他们一同成就了诗歌史上一个崭新的时代。

1797年华兹华斯完成了描写农家妇女玛格丽特身世遭遇、反映英国农民艰苦生活的长诗《荒舍》，鲜明的社会意义、悲凉沉重的艺术氛围让这首长诗获得了读者的青睐。1798年他与柯勒律治合写的《抒情歌谣集》出版，产生极大的影响。1800年诗集再版时，华兹华斯写下一篇序言，提出诗歌是"强烈感情的自然流露"，强调诗人"在选择普通生活里的情境时要给它们以想象力的色泽，使寻常的事物拥有不寻常的心灵体验"。这篇序言也成为英国浪漫主义的宣言，

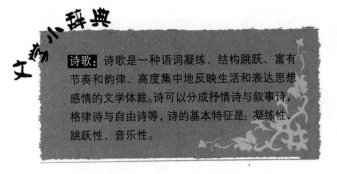

文物小辞典

诗歌：诗歌是一种语词凝练、结构跳跃、富有节奏和韵律、高度集中地反映生活和表达思想感情的文学体裁。诗可以分成抒情诗与叙事诗，格律诗与自由诗等，诗的基本特征是：凝练性、跳跃性、音乐性。

标志着英国浪漫主义诗歌的最终形成。

从 1798 年 到 1807 年是华兹华斯诗歌创作的黄金期，期间他写下了大量的描绘自然的诗篇，因而被称为"自然诗人"。他的代表作包括《丁登寺》、《致蝴蝶》、《我在陌生人中孤独地旅行》、《我们是七个》、《孤独的刈麦女》、《为威尼斯共和国的覆亡而作》，以及自传体长诗《序曲》和组诗《露茜》、《永生的了悟颂》等。

1802 年，华兹华斯前往法国探望女友安内特，当他望着身边已经 9 岁却是第一次谋面的女儿时感慨万分，创作了著名的《那是一个美丽的黄昏》。从法国回来后，华兹华斯与他童年的女友玛丽·赫钦逊举行了婚礼。婚后他们回到湖区，华兹华斯开始了十四行诗的创作，这一诗歌模式已经沉寂了将近百年，现在终于凭着一位才华横溢的诗人的创作而复兴，华兹华斯也因此成为继莎士比亚、弥尔顿之后成就最大的十四行诗大师。

1810 年华兹华斯和柯勒律治因在一些创作观点上产生分歧，最终演变成一场公开的争论。1814 年华兹华斯发表了耗时 20 年、共计 8000 行、讲述自己人生哲学的长诗《漫游》，然而影响有限。

晚年的华兹华斯声誉日隆，并于 1843 年荣膺"桂冠诗人"的称号，慕名前来拜访、求教的人络绎不绝，一时间湖畔热闹不已。华兹华斯关于诗歌改革的主张结束了英国古典主义诗学的统治，而他的诗作也被后世的广大读者特别是年轻人所喜爱和传诵。

华兹华斯的故乡——"湖畔"

"湖畔"位于英格兰西北部昆布兰高原，华兹华斯在这里生活了 9 年，这里秀丽的山水为诗人带来了无穷的灵感，诗人挥笔写下了数量可观的优美动人的讴歌自然的诗篇。

鼓励真情的 傲慢与偏见

PRIDE AND PREJUDICE

简·奥斯汀及其签名
19世纪初，英国的小说创作渐衰，正是华特·司各特和简·奥斯汀的作品扭转了这一局面。

女作家简·奥斯汀（1775～1817）出生于英国的一个乡村小镇，父亲是当地教区的牧师。奥斯汀没有接受过正规的学校教育，只是九岁时曾被送往姐姐所在的学校随读，但她在父母的指导下阅读了大量的文学作品，20多岁时就开始练习写作。

奥斯汀的一生共创作了6部小说，1811年出版的《理智和情感》是她的处女作。随后她又接连发表了《傲慢与偏见》、《曼斯菲尔德花园》和《爱玛》，都引起了很大的反响。《诺桑觉寺》和《劝导》则是在奥斯汀去世后发表的，并署上了作者的真名。

奥斯汀终身未婚，一直居住在家乡，接触到的都是当地淳朴的人民和他们恬静的生活。她以女性特有的细致描绘着她周围的小天地，尤其是绅士淑女们之间的婚姻和爱情，塑造出许多个性独立的新女性形象。她的小说没有深沉的哲学思考、没有深厚的历史积淀，也没有宏大的人物和场面，但它们大都格调轻松诙谐，富有喜剧意味，因此深受读者欢迎。

《傲慢与偏见》是奥斯汀的代表作。这部以日常生活为题材的作品，与当时社会上流行的感伤小说在内容和形式上截然不同，生动地反映了18世纪末到19世纪初处于保守和封闭状态下的英国乡间生活和人情世态。

小说通过生活在英格兰哈福德郡朗博恩村的本内特太太的5个貌美如花、待嫁闺中的女儿对待终身大事的不同处理，表现出当时人们对婚姻爱情问题的不同态度。奥斯汀由此得出了自己的结论：为了财产、金钱和地位而结婚是错误的，但结婚不考虑上述因素也是愚蠢的，理想的婚姻应以男女双方的感情作为基础。

书中女主人公伊丽莎白出身于小地主家庭，富家子弟达西被她的美貌所深深吸引。达西不顾门第和财富差距向她求婚，却遭到无情的

延伸阅读

《理智与情感》：《理智与情感》是简·奥斯汀的第一部小说。情节围绕着两位女主人公的择偶活动展开，揭示了当时英国社会，以婚配为女子寻求经济保障、提高经济地位的恶习和重门第而不顾感情的不良风气。"理智"与"情感"的矛盾冲突传达出作者的理想：人不能没有感情，但感情要受理智的制约。

拒绝。虽然其中产生了一些误会和偏见，但伊丽莎白拒绝的真正原因则是讨厌他的傲慢。达西的傲慢反映出了当时社会上身份与地位的差异，只要存在这种傲慢，他与伊丽莎白之间就不可能有共同的思想和感情，也不可能有理想的婚姻。当达西渐渐改变了过去那种骄傲自负的作风后，伊丽莎白消除了对他的误会和偏见，两人终于走入美满的婚姻殿堂。伊丽莎白的形象反映了女性对人格独立和平等权利的追求。她聪慧机敏、有胆有识，并有很强的自尊心，正是这些品质才使她在爱情问题上拥有了独立的见解，并最终为自己找到了真正的幸福。

奥斯汀的《傲慢与偏见》经过两个世纪的考验，仍然具有极强的生命力，受到一代又一代读者的喜爱。她的小说虽然题材较窄，故事平淡，但是她善于在日常务物中塑造出鲜明的人物形象，不论是伊丽莎白、达西这些作者肯定的人物，还是魏克翰、克林斯这些遭到讽刺挖苦的对象，奥斯汀都写得栩栩如生。**她的小说语言讲究，幽默、讽刺、诙谐——这在女性作家中并不多见**——借以烘托人物的性格特征，这也使奥斯汀的作品具有了鲜明的个人特色。

英国评论家鲁宾斯坦因在《英国文学的伟大传统》一书中称简·奥斯汀开辟了英国现实主义小说的先河，将她与乔治·艾略特、伍尔夫等女性作家等量齐观，足见其在英国文学史上的重要地位。

英文版《傲慢与偏见》插图
图中三人从左至右分别为伊丽莎白、达西，及宾利先生的妹妹卡罗琳。小说中，卡罗琳一直暗恋着达西先生，她极其轻蔑伊丽莎白一家，又因为达西先生对伊丽莎白产生好感而排斥她，并想尽一切办法给伊丽莎白难堪。

孩子的偶像

THE BROTHERS GRIMM
格林兄弟

《格林童话》产生于 19 世纪初的德国，**是欧洲编写最早、篇幅最长的一部童话集。**《格林童话》共有 200 多篇小文章，分为儿童和家庭故事、儿童宗教传说和补遗三个部分。

《白雪公主》封面

《小红帽》插图

《灰姑娘》插图

雅各·格林 (1785 ~ 1863) 和威廉·格林 (1786—1859) 是德国著名的童话搜集家和语言文化研究者。兄弟俩兴趣相近，性情相投，合作研究语言学，搜集和整理民间童话与传说，所以被并称为"格林兄弟"。他们的一生差不多都是在一起度过的。他们出生于一个子女众多的知识分子家庭，从小一起在卡塞尔上学，在马尔堡学习法律，后来又一同在卡塞尔图书馆工作，1830 年两人又同时担任了格廷根大学的教授。1837 年因抗议汉诺威国王野蛮破坏宪法，与其他 5 位教授一起被免去教授职务。1840 年起格林兄弟担任柏林科学院院士、柏林大学教授，直至去世。

从 1812 年到 1815 年，他们搜集整理的《儿童与家庭童话集》出版，这就是后来大名鼎鼎的《格林童话》。该书奠定了民间童话中引人入胜的"格林体"叙述方式，对 19 世纪以来的世界儿童文学产生了深远的影响。

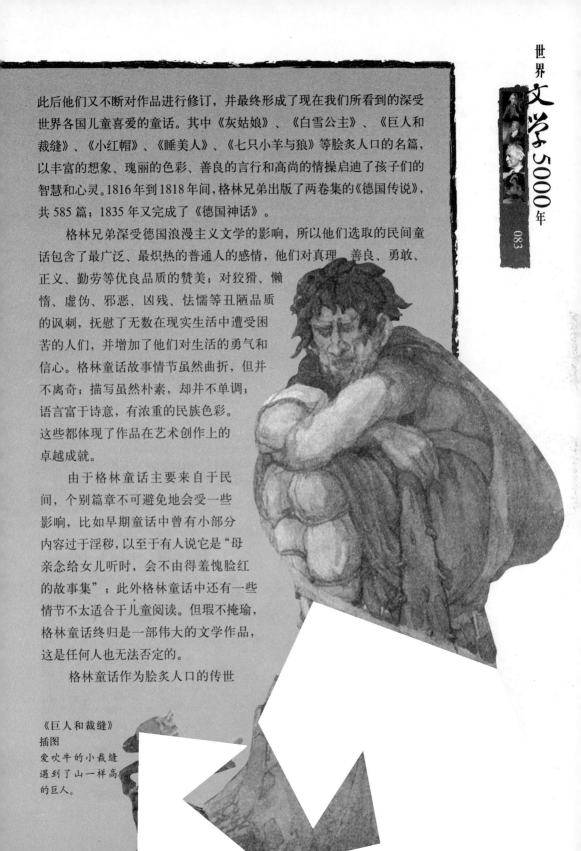

此后他们又不断对作品进行修订，并最终形成了现在我们所看到的深受世界各国儿童喜爱的童话。其中《灰姑娘》、《白雪公主》、《巨人和裁缝》、《小红帽》、《睡美人》、《七只小羊与狼》等脍炙人口的名篇，以丰富的想象、瑰丽的色彩、善良的言行和高尚的情操启迪了孩子们的智慧和心灵。1816年到1818年间，格林兄弟出版了两卷集的《德国传说》，共585篇；1835年又完成了《德国神话》。

格林兄弟深受德国浪漫主义文学的影响，所以他们选取的民间童话包含了最广泛、最炽热的普通人的感情，他们对真理、善良、勇敢、正义、勤劳等优良品质的赞美；对狡猾、懒惰、虚伪、邪恶、凶残、怯懦等丑陋品质的讽刺，抚慰了无数在现实生活中遭受困苦的人们，并增加了他们对生活的勇气和信心。格林童话故事情节虽然曲折，但并不离奇；描写虽然朴素，却并不单调；语言富于诗意，有浓重的民族色彩。这些都体现了作品在艺术创作上的卓越成就。

由于格林童话主要来自于民间，个别篇章不可避免地会受一些影响，比如早期童话中曾有小部分内容过于淫秽，以至于有人说它是"母亲念给女儿听时，会不由得羞愧脸红的故事集"；此外格林童话中还有一些情节不太适合于儿童阅读。但瑕不掩瑜，格林童话终归是一部伟大的文学作品，这是任何人也无法否定的。

格林童话作为脍炙人口的传世

《巨人和裁缝》
插图
爱吹牛的小裁缝
遇到了山一样高
的巨人。

《豪夫童话》是德国 19 世纪小说家威廉·豪夫的杰作。豪夫童话模仿《一千零一夜》的形式，通过卷首引线讲一个又一个的故事。豪夫的童话被称为别开生面的创作童话，虽然取材于民间传说，但经过豪夫的艺术加工，融入了现实的内容和作家的生活体验，通过童话形式，揭露德国社会现实，批判和讽刺统治者的贪婪、愚蠢。《小矮子穆克》、《长鼻子矮人》等都是脍炙人口的名篇。

佳作，如今已被译成各国文字多次出版，成为世界儿童文学的珍贵财宝，受到了一代又一代孩子们的喜爱。

格林兄弟除了在童话搜集与创作领域有杰出成就外，还共同编写了《德国语言史》、《德语语法》、《德语辞源》前四卷等众多学术著作，为德国语言学的发展做出了重要贡献，他们开创的"格林辞源"事业，历时 110 年才告完成，堪称世界语言史上的一座丰碑，也由此可见他们的博学多才。

格林童话在德国文学史中占有非常重要的地位，正如德国著名文学家席勒所言："更深的意义不在生活所教的真实，而在我童年所听到的童话。"由此可见格林童话已完全融入德意志人民的思维和血液当中，成为生活中不可或缺的一部分。

格林兄弟（右二、三）
格林兄弟常聆听民间流传的动人故事，作为童话创作的素材。

诗人战士

拜伦

GEOGE
GORDON BYRON

十九世纪英国浪漫主义诗坛最伟大的诗人乔治·戈登·拜伦（1788～1824），出生在伦敦的一个没落贵族之家。在他很小的时候，父母婚姻破裂，父亲浪迹国外。拜伦因患有先天小儿麻痹而导致脚跛，而且从小就忍受着母亲的斥责和谩骂，这让他从小就养成了孤独、反抗和忧郁的性格以及独立的个性，不论是侮辱还是怜悯，他都决不接受。

为了弥补跛脚的缺陷，拜伦努力培养自己各方面的才能。他以严格的体育锻炼强壮身体，学习摔跤、游泳、击剑、骑马、射击和拳击；他像一个健全人那样干他们所做的一切，并且比他们做得还好。

1807年拜伦发表了第一部抒情诗集，出版后受到《爱丁堡评论》的攻击，诗人以《英国诗人和苏格兰评论家》一诗作为反击，初次显露了他卓越的才华和讽刺的锋芒。1808年拜伦取得文学硕士学位，随后又获得世袭的上院议员席位。1812年浪漫主义叙事长诗《恰尔德·哈罗尔德游记》的出版使拜伦一夜成名，成了伦敦社交界的明星。他的俊美、才情、神秘的性格和举动都成为贵妇人们谈论的焦点。

拜伦是一位狂放不羁的天才，一位伟大的反叛者与革命者，他虽然身为贵族，却一生都在与贵族为敌。拜伦超越常人的天才、深受贵妇迷恋的气质和坚定决绝的革命精神引起了保守贵族的极度憎恨，他们不断寻找理由造谣中伤、诬陷拜伦，他们不仅攻击他的诗，还攻击他的政见、人格，甚至嘲弄他的跛足。悲愤的诗人只能在1816年永远地离开了祖国。

拜伦先是来到瑞士，在那里，他与另一位伟大的浪漫主义诗人雪莱结为挚友，雪莱的乐观精神深深地影响了忧郁的拜伦，此间他写下了大

拜伦画像

拜伦对法国的浪漫主义产生了巨大影响，很多画家、音乐家、作家都受到拜伦作品的感染。画中拜伦身着阿尔巴尼亚民族服装，反映了拜伦浪漫的创作风格和对异域文化的向往。

量富有战斗精神的短诗。

拜伦的重要作品包括长诗《唐璜》、《恰尔德·哈罗尔德游记》、《异教徒》、《海盗》，哲理诗剧《该隐》、《曼夫莱德》，以及讽刺长诗《青铜时代》、《审判的幻境》，它们都在世界诗歌史上占据着不容动摇的地位。

《唐璜》是拜伦未完成的代表作，诗中表现了唐璜的善良和正义，通过他的种种浪漫奇遇，反映了欧洲社会的人、自然和社会的万千风情，画面辽远，所述阔大，堪称一座诗歌艺术的宝库。拜伦曾计划此诗共写100章，然而在写完第16章和第17章的一小部分后，他便前往希腊参加解放斗争。

在创作上急流猛进的诗人并没有放弃对真理的追求，拜伦凭着自由必胜的信念，在希腊解放斗争的召唤下，抛下诗笔，奔赴希腊。他奉献出自己的全部财产帮助希腊人民建立革命军，被当地人一致推举为联军总司令。拜伦身为统帅，与希腊士兵同甘共苦，抗击敌人。对于希腊人民，他更是尽己所能，慷慨相助，受到了所有士兵和人民的真心爱戴。他所建立的部队声名远扬，连战连捷。拜伦夜以继日地工作着，然而连续的操劳让他的身体最终垮了下来。在病床上拜伦说：

"我的财产、精力都献给了希腊的独立事业；现在，连生命也一并送上吧！"1824年4月19日的黄昏，伟大的、世界的拜伦去世了。全体希腊人陷入悲痛之中，无不为这位来自异乡的诗人痛哭流涕，浪漫的希腊人还做出了一个超乎常理的伟大举动，那就是为他们所爱戴的英雄举行最为隆重并史无前例的国葬，一代诗魂从此永驻希腊人民的心中。

拜伦在达达尼尔海峡渔民家歇息
拜伦是横渡海峡活动的创始人。1810年，他为缅怀一对传说中的恋人，用1小时10分钟横渡了1008米宽的赫勒斯湾海峡（今达达尼尔海峡）。

西风中的云雀

PERCY BYSSHE SHELLEY

雪莱

英国伟大的浪漫主义抒情诗人雪莱（1792～1822）出生在英格兰苏塞克斯郡的一个贵族家庭。在他短暂的一生中，雪莱那俊朗的外貌、纤弱的体质和刚毅的性格，特别是他独树一帜的诗歌创作为18世纪末19世纪初的英国文学打上深刻的烙印。

雪莱从小便接受了严格的教育，12岁时进入著名的伊顿公学，在随后的几年里他公开反对这座贵族学校的"学仆制"，被人们视为异端。期间他对文学、哲学、自然科学都产生了浓厚的兴趣。1810年雪莱就读牛津大学，不久便因传播一本名为《无神论的必然性》的小册子而被大学开除，并从此被赶出了家门。雪莱在伦敦与一位酒店老板的女儿赫丽特结合，只因他同情她的不幸遭遇，但这也为雪莱后来的情感不幸埋下了伏笔。从1812年到1813年，雪莱游历了威尔士和爱尔兰，亲身感受到贫苦人民的痛苦与不幸，更加深了他对现实社会的强烈不满。雪莱认为这一切苦难的罪恶都来自于英国合并的结果，于是加入到爱尔兰人民的民族解放斗争当中。爱尔兰事件的爆发深深地触动了诗人的创作灵感，雪莱奋笔疾书，一气呵成，完成了他的第一部大型诗作《麦布女王》。

1815年战争结束，雪莱回到伦敦，他结识了当时英国的著名作家威廉·戈德温，并深深地爱上了他的女儿玛丽。他们的爱情经历了无

在卡拉卡拉的巴斯写《解放了的普罗米修斯》的雪莱

雪莱与玛丽在圣潘克拉斯墓地

场地景物根据 W·P·弗利思于 1870 年对墓地的素描，头像根据雪莱之子珀西爵士及其妻小雪莱夫人所拥有的画像绘制。

数的磨难，直到 4 年后，赫丽特因与他人同居怀孕而投河自尽，雪莱才与玛丽结成忠实的伴侣。

伦敦的社会形势日益尖锐，失业问题更加恶化，工人们不断地发起反抗，这一切都促使雪莱创作了他一生中最优秀的诗作之一《伊斯兰的反叛》。

全诗从一开始就展现给读者一幅壮阔而惨烈的巨型画面。大地震荡，狂风怒吼，雷鸣与电闪交加，预示着一场暴风雨即将袭来。在大自然广阔的背景上，正展开着一幅蛇与鹰残酷捕斗的图景。而此时黄金城伊斯兰的人民正在暴政的压迫下呻吟。两位年轻的英雄人物莱昂和西丝娜从人群中挺身而出，他们是人类的解放者和人类幸福的追求者。全诗以景托情，表达了作者对现实社会的不满和唤醒人们奋斗的激情。

雪莱的代表诗作主要包括大型诗歌《麦布女王》、《伊斯兰的反叛》、《阿多尼》、《专制者的假面游行》，诗剧《解放了的普罗米修斯》、《钦契一家》等，但真正让全世界的读者认识并喜欢上雪莱的却不是这些叙事性的长篇诗歌，而是一些像《西风颂》、《致云雀》这样短小精悍的抒情诗。这个在内心的深处最为敏感、最易动情的诗人，在诗行里却最热衷于描写外在纯粹的自然世界，这正是文学与诗的巨大妙处。雪莱把动植物看作是他心爱的兄妹，把自己高度敏感的感觉和超强的感受力比做是变色龙和含羞草。诗中雪莱所展示给我们的不是事物的外在形貌和色彩，而是它们的被诗人所赋予的精神和灵魂。在《西风颂》中诗人大声疾呼："让预言的喇叭通过我的嘴唇＼把昏睡的大地唤醒吧！＼要是冬天已经来了，＼西风呵，春日怎能遥远？"

然而命运却对这样一位天才有些苛刻，1822 年 7 月 8 日，雪莱以一种近乎决绝的方式溘然离开了人世。他在与朋友驾驶新船出海时，

文艺小辞典

浪漫主义： 文艺的基本创作方法之一。浪漫主义一词来源于中世纪用各国方言写成的"浪漫传奇"（romance），即中古欧洲盛行的骑士传奇、抒情诗等。作为创作方法，浪漫主义在反映客观现实时侧重从主观内心世界出发，抒发对理想世界的热烈追求，常用热情的语言、瑰丽的想象和夸张的手法塑造形象。作为一种文艺思潮，18世纪后半期到19世纪上半叶盛行于欧洲多个国家。它是法国大革命和欧洲民主运动、民族解放运动高涨时的产物，反映了早期资产阶级对个性解放的要求。它的主要特征是抒发强烈的个人感情，歌颂大自然，诅咒城市文明，提倡回到自然，特别重视中世纪的民间文学。英国的雪莱和拜伦，法国的雨果和乔治·桑，以及俄国的普希金等都创作了优秀的浪漫主义作品。

突然遇上风暴，两人都溺死在海中。按照当地法律的规定，任何海上漂来的物体都必须付之一炬，雪莱也不能例外。他的挚友拜伦和特列劳尼为他安排了火化，他们给雪莱举行了希腊式的非基督教仪式，把乳香、酒、食盐和油倾洒在火堆之上，令人惊奇的是雪莱的心脏却在烈火中完好无损。

雪莱的墓碑上镌刻着援引莎士比亚《暴风雨》中的三行诗句："他的一切并没有消失，只是经历过海的变异，已变得丰富而神奇。"

雪莱的葬礼
人们把雪莱的尸体从第勒安海捞起，好朋友拜伦（带白色领巾者）目送着他的离去。

写尽人间的 LA COMEDIE HUMAINE 人间喜剧

巴尔扎克画像
法国作家。毕生最重要的作品《人间喜剧》在小说史中占有突出的地位。巴尔扎克以他无尽的精力和复杂性格，独辟蹊径，创作出大量杰出作品，与同期的文学巨匠雨果、大仲马等天才型人物并驾齐驱。

巴尔扎克（1799～1850）是19世纪法国伟大的批判现实主义作家，**欧洲批判现实主义文学的奠基人和杰出代表。** 他经历了法国近代史上一个动荡的时期——拿破仑帝国、波旁王朝和七月王朝的剧烈交替。

巴尔扎克大学毕业后进入律师事务所，不久便不顾家庭的反对，辞去职位开始专心写作。初入文坛的巴尔扎克情况凄惨，第一部作品《克伦威尔》没有获得成功，与人合写滑稽神怪小说也未能引起注意。无奈之下去做出版商，经营印刷厂和铸字厂，最终都以赔本告终，负债累累。巨额的债务就像噩梦一样缠绕着巴尔扎克，直到生命的最后一刻。然而巴尔扎克并没有因此消沉，他在书房中放置了一座拿破仑的小雕像，并写下了激励自己一生的座右铭：**"我要用笔完成他用剑所未能完成的事业。"**

1829年巴尔扎克发表了他的第一部现实主义长篇小说《朱安党人》，使人们记住了他的名字，直到1931年完成《驴皮记》，才真正使他声名大噪。从此巴尔扎克笔耕不息，疯狂创作，穷尽一生竟然创作了90多部长、中、短篇小说和随笔，并把它们集合到一起定名为《人间喜剧》。巴尔扎克的作品在法国乃至全世界都拥有广泛的读者，对世界文学的发展和人类的进步产生过巨大的影响。马克思和恩格斯称赞他是"超群的小说家"、"现实主

巴尔扎克主要作品简表

小说

《朱安党人》	（1829 年）
《流亡者》	（1831 年）
《驴皮记》	（1831 年）
《杜尔的本堂神父》	（1832 年）
《乡村医生》	（1833 年）
《欧也妮·葛朗台》	（1833 年）
《高老头》	（1834 年）
《幽谷百合》	（1835 年）
《幻灭》	（1835 ~ 1843 年）
《小职员》	（1837 年）
《塞萨尔·毕洛多兴衰记》	（1837 年）
《贝姨》	（1846 年）

义大师"，这也许是为生计而写作的巴尔扎克所没有想到的。

《人间喜剧》分为"风俗研究"、"哲理研究"和"分析研究"三大部分，其中最重要的是"风俗研究"。巴尔扎克原本把它定名为"社会研究"，1842 年受但丁《神曲》——"神的喜剧"的启发，将自己的作品改称《人间喜剧》，以此表达出自己创作的真实意图，即把资产阶级社会比作一个巨大的舞台，把资产阶级的生活比做一部丑态百出的"喜剧"。

在《导言》中巴尔扎克明确写道："法国社会将成为历史学家，而我不过是这位历史学家的秘书而已。负责开列恶行与德行的清单，搜集激情的主要事实，描绘各种人的性格，选择社会上主要的事件，结合若干相同的性格形成典型，这样我或许能够写出一部史学家忘记的历史——风俗史。"

《人间喜剧》被人们称赞为"社会百科全书"，它真实而冷静地反映了当时法国的社会生活，用细致入微的笔触描写了贵族阶级行将灭亡的种种绝望，也揭露了资产阶级贪婪和唯金钱论的社会丑态。全书一共塑造了 2400 多个人物，而且一个人物往往在多部小说中出现，这就使得他们有了足够的空间来发展自己的性格，使读者获得对人性和社会发展的更全面和深入的了解。恩格斯曾赞誉道："甚至在对经济的描摹方面，我学到的东西也要比从当时所有

巴尔扎克笔下的著名人物形象——高老头，一个在物欲横流的资本主义社会中被金钱毁灭了的父爱的典型形象。《高老头》是巴尔扎克三天三夜一气呵成的伟大作品。

职业历史学家、经济学家和统计学家那里学到的全部东西还要多。"

《舒昂党人》、《高老头》、《欧也妮·葛朗台》、《高利贷者》、《古物陈列室》、《纽沁根银行》、《幻灭》、《农民》……在短短的 20 年里，巴尔扎克每年要完成 4 至 5 部小说，每天至少要写作 18 个小时，他的名篇《乡村医生》只用了 72 小时。

巴尔扎克用手中的笔描绘了 19 世纪上半叶法国最丰富的社会图景，在世界文坛上开辟了现实主义创作的新里程，他的作品被视为人类的共同财富。巴尔扎克用自己的创作和生命在世界文学史上树立起一座不朽的丰碑。

法文版《欧也妮·葛朗台》的情景绘画
表现了老葛朗台用女儿来做诱饵，诱惑那些求婚者，以便从中渔利。

十七世纪欧美文学

[关键词：巴洛克风格 古典主义]

● 概述

　　17 世纪欧洲文学史上的新现象是巴洛克风格和古典主义的兴起。巴洛克风格文学惯用的主题是宗教的狂热，人类在上帝的威严之下无能为力；惯用混乱、支离破碎的形式表现悲剧性的沮丧，用夸张的雕琢的辞藻，谜语似的词汇来玩弄风雅。古典主义是当时最主要的文学思潮。主要特征是具有为君主专制王权服务的鲜明倾向，注重理性、模仿古代、重视格律。创作实践上以古希腊、古罗马文学为典范。

● 代表作家 · 代表作品

英国文学

本·琼生（1573 ～ 1637）《炼金术士》、《福尔蓬涅》
约翰·弥尔顿（1608 ～ 1674）《失乐园》、《复乐园》
安德鲁·马维尔（1621 ～ 1678）《揭发英国的新锁链》
约翰·班扬（1628 ～ 1688）《天路历程》

法国文学

彼埃尔·高乃依（1606 ～ 1684）《熙德》
让·拉辛（1639 ～ 1699）《昂朵马格》
让·拉封丹（1621 ～ 1695）《让·拉封丹寓言》
孟德斯鸠（1689 ～ 1755）《波斯人信札》
莫里哀（1622 ～ 1673）《伪君子》、《唐璜》、《吝啬鬼》

浪漫主义文学运动领袖
维克多·雨果

维克多·雨果像

雨果天资聪颖，15岁时写的《读书乐》就受到法兰西学士院的褒奖，20岁时，他的第一部诗集《颂歌和杂诗》为雨果赢得了国王路易十八赐予的年金。

维克多·雨果（1802～1885）是法国19世纪浪漫主义文学运动的领袖和最杰出的代表。他诞生于法国资产阶级大革命烽烟正起之际，父亲是帝政时期拿破仑麾下的将军。雨果一生几乎经历了19世纪法国社会的一切重大变故，**而贯穿雨果活动和创作始终的主导思想则是浪漫主义和人道主义。**

雨果在复辟亡朝时期开始文学创作，逝世时已是第三共和国时期，文学生涯长达60年。在雨果的创作生涯里，作品包括了20卷小说、26卷诗歌、12卷剧本和21卷哲理论著，共计79卷，其中诗歌与小说是他的主要成就，它们一同构成了法国乃至全人类空前辉煌的文化遗产，反映了19世纪法国的重大历史进程和文学进程。

雨果一生不断地在和古典主义做斗争，1827年他完成了浪漫主义的宣言——《〈克伦威尔〉序言》，从理论上提出了浪漫主义的纲领；他创作于1830年的浪漫主义戏剧《欧那尼》，是向古典主义挑战的重要实践。演出大获成功，标志了法国浪漫主义的辉煌胜利和古典主义的彻底失败。

《巴黎圣母院》是雨果于1831年创作的第一部长篇小说，其中充满了反封建、反教权的浪漫主义战斗精神。作者完整地记录了巴黎城市生活的宏大图景和中世纪阴暗社会的独特风貌，曲折紧张的情节结构、引人入胜的大型历史场景以及像浮雕一般充满戏剧性意味的人物形象使它具备了浪漫主义小说的

> 万物中的一切并非都是合乎人情的美……丑就在美的旁边，畸形靠近着优美，丑怪藏在崇高的背后，美与恶并存，光明与黑暗相共。
>
> ——雨果

基本条件。雨果在这部小说中歌颂了下层劳动人民的善良、友爱、舍己为人，清晰地反映了作者的人道主义精神。这一切使小说成为一部气势宏大的伟大杰作。

小说讲述了一位美丽的波希米亚女郎爱斯美拉达在巴黎所引发的一场震撼人心的轩然大波。故事以15世纪路易十一统治下的法国巴黎为背景，完整再现了当时社会历史的真实面貌，反映了宫廷与教会压迫民众和民众与之斗争的故事。

此后十余年，雨果相继写出了诗集《心声集》、《秋叶集》，以及《吕意·布拉斯》、《国王取乐》等剧作。1841年雨果当选为法兰西学士院院士，后因女儿的溺死而消沉停笔多年。1851年路易·波拿巴复辟帝制，

雨果为《悲惨世界》所作的卷首插图：芳汀

芳汀为小珂赛特的母亲，美丽善良，是受苦阶层中的母亲化身。她身上集中了人类母性的所有美德，具有一颗高尚、无私的心。

《悲惨世界》初版本

被誉为"人类苦难的百科全书"，是世界文学史上现实主义与浪漫主义结合的典范。

放逐者的悬台
这是雨果的儿子夏尔于 1853 年在泽西岛上为他拍摄的，雨果在镜头中展现了他的孤单的同时，也塑造了他的传奇。

雨果主要作品简表	
小说	
《冰岛魔王》	（1823 年）
《布格－雅尔嘎勒》	（1862 年）
《克伦威尔》	（1827 年）
《一个死囚的末日》	（1831 年）
《巴黎圣母院》	（1831 年）
《穷汉克洛德》	（1834 年）
《悲惨世界》	（1862 年）
《海上劳工》	（1866 年）
《笑面人》	（1869 年）
《九三年》	（1875 年）
诗歌	
《东方集》	（1829 年）
《秋叶集》	（1831 年）
《微明之歌》	（1835 年）
《心声集》	（1837 年）
《光与影》	（1840 年）
《惩罚集》	（1853 年）
《静观集》	（1856 年）
《凶年集》	（1872 年）
《历代传说》	（1883 年）
剧本	
《马丽雍·德·洛尔莱》	（1829 年）
《欧那尼》	（1829 年）
《逍遥王》	（1832 年）
《吕依·布拉斯》	（1838 年）
《卫戍官》	（1843 年）

雨果被迫离开法国开始了 19 年的流亡生涯。期间雨果的创作激情复炽，先后创作了代表作《悲惨世界》、《海上劳工》、《笑面人》，以及诗集《历代传说》、《惩罚集》和《静观集》等。

《悲惨世界》是一部浪漫主义和现实主义高度结合的杰作，也是雨果创作生涯的又一座高峰。小说第一卷出版于 1862 年 4 月，其成功远远超出了雨果的预料。整个法国都在谈论芳汀和冉·阿让，书中展现的社会现实激起了人们的极大共鸣。后来小说被译成各种文字，传播到世界各地。

1870 年，拿破仑三世垮台，雨果回到阔别已久的祖国，受到了全体法国人民的衷心欢迎。1872 年，表现法国大革命的长篇小说《九三年》问世，雨果的声望达到了顶点。

扫码获取更多资源

1885 年 5 月 22 日，雨果逝世，全法国陷入一片悲痛之中。法国人民为雨果举行了隆重的国葬，他的灵柩被停放在凯旋门下，上方挂着一方致哀的巨大黑幔，街上的路灯也蒙上了黑纱，人们用这种方式来悼念和凭吊他们所爱戴的诗人，最后雨果的遗体被送进先贤祠。**法国人民称他为"人类良心最出色的代表"，"宇宙间最巨大的思想家"、"从来没有过的最伟大的诗人"。**

油画《欧那尼》
雨果的首部戏剧《欧那尼》就引起了巨大轰动，成为文学史上一个转折点，宣告浪漫主义的诞生。

佳 作 赏 析

美与丑的碰撞——巴黎圣母院

《巴黎圣母院》是雨果文学创作中的第一部长篇小说。小说主要描写了 15 世纪的巴黎生活，但它所反映的却是作者所在年代的社会现实，充满了反封建、反教权的浪漫主义战斗精神。作者完整地记录了巴黎城市生活的宏大图景和中世纪阴暗社会的独特风貌，这加强了作品浓郁的历史厚重感。

巴黎圣母院讲述的是一位美丽的波西米亚女郎在巴黎引起的一场震撼人心的轩然大波。

故事是从 1482 年的愚人节开始的。在巴黎的格雷弗广场上，靠街头卖艺为生的波希米亚女郎爱斯美拉达带着小羊加里正在做着精彩的表演，她的美艳和表演吸引了不少围观的人，也引起了路过的巴黎圣母院的副主教克格德·弗洛罗贪婪的欲望和邪念。这个道貌岸然的教会伪君子在夜里唆使自己丑陋的养子，也是巴黎圣母院的敲钟人卡西莫多去劫持爱斯美拉达，但风流倜傥的御前侍卫长弗比斯救出了爱斯美拉达，并捉住了敲钟人。姑娘也因此爱上了这个有些轻浮的侍卫长。第二天，敲钟人被带到广场受众人的鞭笞和谩骂，克洛德为了保全自己的身份竟然无动于衷，冷漠地从旁经过，反倒是善良的爱斯美拉达给他送来水喝，这让敲钟人感动得流下了眼泪。

弗比斯和爱斯美拉达开始了幽会，满怀嫉妒的克洛德用暗藏的匕首刺死了弗比斯，然而克洛德却诬陷是爱斯美拉达杀害了弗比斯。真正的杀人犯逍遥法外，而纯洁美丽的爱斯美拉达却被教会法庭送上了绞刑台。就在即将行刑的时候，善良的卡西莫多救出了爱斯美拉达，并带她躲进了拥有避难权的巴黎圣母院避难。然而邪恶的克洛德还在打爱斯美拉达的主意，在屡次不能得手之后，他勾结司法机关破坏圣殿的避难权，最终把可怜的爱斯达美拉送上了绞刑台并处以极刑。深爱着爱斯美拉达的卡西莫多彻底地绝望了，在剧烈的悲痛和愤怒中他将克洛德推下钟楼，亲手结束了克洛德罪恶的生命。卡西莫多来到公墓，找到爱斯美拉达的尸体，就在她的身旁结束了自己的生命。两年后，人们在埋葬绞刑犯人的墓地里意外地发现了一对男女的骷髅，那就是抱在一起的卡西莫多和爱斯美拉达。

曲折紧张的情节结构，引人入胜的大型时代历史场景以及像浮雕一般充满戏剧性意味的人物形象等也使它具备了浪漫主义小说的基本条件。雨果在这部书中歌颂了下层劳动人民的善良、友爱、舍己为人，这也清晰地反映了作者的人道主义精神。这一切使小说成为一部气势宏大的伟大杰作。

完美复仇的

基度山伯爵

COMTE DE MONTE CRISTO

大仲马（1802～1870）出生于巴黎与尚松之间的维莱科特雷村，他的童年时光是在家乡的森林里度过的，大仲马没有接受过正规教育，他的学识和文学才能主要靠自学而来。大仲马的父亲在法国大革命中屡建战功，是共和国的著名将领，因不满拿破仑的野心而郁郁成疾，英年早逝，但他坚定的共和思想却刻在了大仲马的心里。

家庭给了大仲马特殊的气质，他热情、勇敢，并富于幻想。他的文学生涯始于戏剧创作，1829 年 2 月，大仲马的第一出浪漫主义历史剧在法兰西剧院首演成功，使他从此成为令人尊敬的剧作家。

1830 年 7 月，推翻复辟王朝的革命爆发，大仲马背上双管枪义无反顾地加入到战斗中。他奔波在街巷间，发表演说，参加巷战，并希望有一天能为社会做出自己的贡献。然而最终他的政治理想还是破灭了，在激荡的社会现实面前，他转而投入到文学创作当中。

1842 年大仲马游历地中海，对厄尔巴岛附近的基度山岛产生了浓厚的兴趣，并萌生了写一本关于它的小说的想法，这就是后来的《基度山伯爵》。

故事开始于法国大革命的复辟时期，男主人公爱德蒙·邓蒂斯是一个年轻有为的水手，即将被提升为船长。这引起了他的同事邓格拉司的

大仲马像

2002 年大仲马遗骸被安放于巴黎先贤祠。法国总统希拉克致辞说："共和国向大仲马如同巨河般的业绩致敬，他以其著作展开了一个永恒、多虑、战争、英勇与优雅的法兰西画卷。"

大仲马主要作品

小说

《三个火枪手》
(1844 年)
《基度山伯爵》
(1844 年)
《二十年后》
(1845 年)
《玛戈皇后》
(1845 年)

戏剧

《亨利三世及其宫廷》(1829 年)
《安东尼》　　　　　(1831 年)
《奈斯尔塔》
(1832 年)

嫉恨，他写了一封诬陷信并由邓蒂斯的情敌弗南投出，代理检察官维尔福阴险地将邓蒂斯投入了死牢伊夫堡。从此这个天大冤案的三个制造者飞黄腾达：弗南娶了邓蒂斯的未婚妻，并靠出卖自己的恩人阿里总督而当上了法国贵族院的议员；维尔福荣升为巴黎首席检察官；邓格拉司靠投机发财，娶了一位有钱的寡妇，成为金融巨头。

邓蒂斯在牢狱里忍受了 14 年的折磨与煎熬，期间他从难友法利兰长老那里获得了基度山宝藏的秘密，后来他逃出伊夫堡，并设法找到了藏在基度山岛上的宝藏。邓蒂斯一夜暴富，自称为基度山伯爵，开始了他的复仇计划。

经过 8 年多的悉心准备，邓蒂斯带着阿里总督的女儿海蒂，进入了巴黎的上层社会。他在报上揭露弗南的罪恶史，并让海蒂出庭作证，致使弗南不得不开枪自杀。邓蒂斯教会维尔福夫人配制毒药，诱使她为了早日获得遗产而毒死多条人命，自己也畏罪自杀。邓蒂斯在投机场上狠狠地打击了邓格拉司，使他濒于破产。邓蒂斯还把维尔福和邓格拉司夫人所抛弃的私生子打扮成富有的王子，去追求邓格拉司的女儿并与其订婚，最终使邓格拉司一家声名扫地，彻底破产。维尔福在审判时发现假冒的王子竟是自己的亲生儿子，深受刺激而发疯。邓蒂斯报得大仇，与海蒂一起乘船远航，永远地离开了巴黎。

《基度山伯爵》一经发表便获得了巨大的成功，成为世界文学史中脍炙人口的佳作，深受各国读者的喜爱。

大仲马的小说创作数量惊人，他自夸写了 400 部小说，一般统计有200 余部。其中较著名的还有《二十年后》、《玛尔戈王后》、《沙尔尼伯爵夫人》、《约瑟夫·巴尔萨莫》及其续篇《王后的项链》等。大仲马的小说在真实的历史背景上渲染主人公的冒险奇遇，因而时常与历史事实相背离，可称为历史演义小说。他的小说的最大价值即在于在浪漫奇遇和历史背景之间描绘了法国社会的真实风貌。

晚年的大仲马生活日益奢靡，私生活十分放纵，小仲马就是他的第一个私生子。1867年当一个美国年轻女演员成为他一生中的最后一个情妇时，他已经65岁了。大仲马慷慨好客，挥金如土，因而总是入不敷出。他的最后时光穷困潦倒，于1870年12月15日在小仲马的家中去世。2002年11月30日法国政府将他的遗体移放巴黎先贤祠，大仲马由此成为继伏尔泰、卢梭、雨果、左拉和马尔罗之后第六位进入先贤祠的法国作家。

法文版《三个火枪手》插图
《三个火枪手》是大仲马的另一部代表作，描写了主人公达达尼安及其三个好朋友的冒险经历。此图表现的是黎塞留指使手下的卫士围攻三个火枪手和达达尼安，但被他们打得落花流水，黎塞留威风扫地。

追求真爱的 茶花女

DAMA KAMELIOUA

法国小说家、戏剧家小仲马(1824～1895)是著名作家大仲马与一个女裁缝的私生子。他的身份直到7岁时才被父亲承认，但大仲马却一直不接受他的母亲，这让小仲马在青少年时期受到了极大的心理伤害。大仲马为了弥补对儿子的亏欠，开始无节制地溺爱他，又使小仲马从18岁起陷入了荒唐奢靡的生活中。数年后，几经历练的小仲马意识到了自己的过错，在父亲的熏陶下开始文学创作。从此他一生都把探讨社会道德问题作为自己创作的中心主题。

1847年，小仲马偶然参加了一场遗物拍卖会。遗物的主人玛格丽特刚刚过世，她曾经是一个贫穷的乡下姑娘，来到巴黎后沦落风尘，因为长得美艳异常，很快便成了巴黎社交圈中红极一时的交际花。

小仲马画像
法国作家，最著名的作品为《茶花女》。作家认为应在剧作中负起宣扬道德的责任，然而，这却导致过于突显说教目的而显得笨拙，且缺乏幽默及诗意。他的许多剧作于19世纪后半期在法国、俄国、英格兰及斯堪的那维亚国家广为流传。

玛格丽特的胸前总是别着一束素雅的茶花，因此人们都叫她"茶花女"。小仲马对这个妓女的身世产生了极大的兴趣，特别是当他听说玛格丽特与一位青年的爱情悲剧后更是激发了自己的创作热情，他闭门写作，全心投入，终于完成了自己的旷世名作《茶花女》。据说小仲马之所以如此执着于这部小说的创作，其真正的原因正是他本人早年与此几乎完全相同的爱情经历。

《茶花女》的主人公玛格丽特结识了涉世未深的富家青年阿芒，让她对爱情生活有了真挚的向往。然而阿芒的父亲极力反对这门婚事，认为他们的结合会毁掉阿芒的名声与前程，于是他暗中迫使玛格丽特离开了阿芒。阿芒不知晓真相，误以为玛格丽特淫荡无信、断义绝情，愤然羞辱了她。玛格丽特终于在病痛和悲伤的折磨下凄惨地死去。

通过这一幕恋爱的悲剧，小仲马强烈地批判了资产阶级道德的虚伪和罪恶，他甚至认为"任何文学，要不把道德、理想和有益作

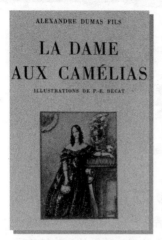

LA DAME AUX CAMÉLIAS

ALEXANDRE DUMAS FILS

ILLUSTRATIONS DE P.-E. BÉCAT

法文版《茶花女》的封面

《茶花女》在法国并非只有小说这一种形式。小仲马并不满足于《茶花女》带给自己的声望，很快将它改编为话剧剧本，与小说一样，一经问世便成为巴黎的流行。与此同时，意大利音乐大师威尔第也从小说中获得灵感，与好友皮阿威写出了歌剧《茶花女》，并于1853年6月3日在威尼斯菲尼斯剧场首次公演。从此以后，歌剧《茶花女》成为世界各国最受欢迎的歌剧之一。

为目的，都是病态的不健全的文学"。

1848年小说《茶花女》的问世顿时在法国引起了轰动，人们争相阅读这部新鲜而意蕴深刻的小说，并将它与大仲马的作品进行比较，当小仲马就此问题问父亲时，大仲马不无幽默和自豪地说："我最好的作品就是你。"

《茶花女》的成功在于它完美地塑造了主人公玛格丽特这一聪明、美丽而善良的人物形象。虽然沦落风尘，茶花女却依然保持着一颗纯洁而高尚的心灵，她充满希望和热情地去追求真爱，然而当这一切破灭后，她又心甘情愿地去牺牲自己，成全他人。玛格丽特使一贯为人们所唾弃的风尘女子的形象闪烁着圣洁的光辉。小说深刻地揭露了社会是如何对一个追求真爱的女子进行迫害的全过程，也不无惋惜地表明，再相爱的人也可能因为自身的过失和局限而酿成无法挽回的悲剧。

小仲马的剧作是法国戏剧从浪漫主义向现实主义过渡的产物，**《茶花女》也被视为法国现实主义戏剧的开端。** 他的剧作不以情节离奇取胜，而是以真情实感打动人，带有浓厚的抒情意味；创作题材大都围绕上层社会的爱情和婚姻问题展开，真实地反映资产阶级的生活侧面。小仲马的其他剧作，在思想和艺术上也有很多突出之处。他一生共创作了20多个剧本，其中《私生子》、《金钱问题》、《半上流社会》、《放荡的父亲》、《欧勃雷夫人的见解》等作品都产生了较大的影响。1875年，小仲马以自己丰实的创作当选为法兰西学士院院士，并最终成为一位蜚声世界的作家。

延伸阅读

《娜娜》：《娜娜》是19世纪法国作家左拉的代表作品。与《茶花女》一样，《娜娜》的主人公娜娜小姐也是位上流社会的交际花。她15岁时沦为下等妓女，后来终于踏入上流社会的圈子，过上了贵妇般的生活。作者通过娜娜的一生，让读者看到了法国出入于上流社会的交际花、歌女、演员等，她们作为社会上被侮辱与被损害一群的罪恶与悲欢、放荡与可怜，以及围绕着她们的社会经济关系，社会人际关系，社会的腐朽与黑暗。这部小说一经出版，即成为炙手可热的畅销书，销售5万余册，并连续再版10次。在问世120年后的今天，这本书仍行销于世界许多国家。

甘殉完美的
GEORGE·SAND
乔治·桑

乔治·桑（1804～1876）原名奥罗尔·杜邦，出身于一个日渐衰落的贵族家庭。童年时她与祖母生活在一起，13岁时被送进巴黎的一家修道院。在那里，乔治·桑特立独行、敢作敢为的性格得到了最初的展现。

1821年祖母病逝，乔治·桑与母亲的感情缺少了最基本的沟通。她深感孤独寂寞，此时一个名叫卡齐米尔·杜德望的年轻人走进了她的世界，母亲极力反对他们的交往，然而处处与母亲抱有隔阂的乔治·桑却决定与杜德望结婚，婚礼于1822年9月10日举行。没过多久乔治·桑就发现了丈夫的平庸与粗俗，他只知寻欢作乐，毫无进取心，两人志趣迥异、差距明显，乔治·桑又陷入了孤独与失望之中。

为了摆脱婚姻不幸的阴影，乔治·桑开始创作小说，借笔下理想的爱情来发泄心中的痛苦，她把自己的真实故事和强烈的人生感受融入她这一时期的小说中，这也是乔治·桑文学创作初期的特点。

1831年乔治·桑独自来到巴黎，开始独立生活，并与刚刚结识的于勒·桑多产生了新的恋情。乔治·桑的内心再次被唤醒，很快两人便走到一起。1832年乔治·桑发表了第一部长篇小说《安蒂亚娜》，一举成名。然而随着时间的流逝，两人的隔阂又开始困扰着乔治·桑。1833年初，她与于勒·桑多结束了纯粹而浪漫的恋爱关系。

也是这一年，乔治·桑结识了当时只有23岁的浪漫派诗人缪塞，多情而随性的乔治·桑与诗人一见如故，很快坠入爱河。可是好景不长，乔治·桑再一次陷入了情感的怪圈而无法自拔。这对情人赴意大利旅行，

乔治·桑像

乔治·桑是19世纪法国著名的批判现实主义女作家，她以独特的思想和创作技巧享誉世界文坛，受到世人的推崇和尊敬。

过惯了放纵生活的缪塞酗酒成性，以致旅行还未结束，两人便不欢而散。

在乔治·桑丰富而坎坷的情感经历中，她与波兰的天才音乐家肖邦之间长达10年的恋爱持续时间最长，投入的感情也最多。可以说与肖邦的结合，使乔治·桑真正体验到了幸福的感觉。然而命运却好像注定要让乔治·桑在爱情生活中劫数不尽。1846年，乔治·桑与共同生活了10年的肖邦分手，双方的内心都受到了极大的创伤。

1848年欧洲大革命爆发，乔治·桑赶赴革命中心巴黎。她积极参加临时政府的工作，用自己的笔号召人民起来反抗。革命遭到镇压，再次回到家乡的乔治·桑感到极度失望，开始了"田园小说"的创作，引起极大的轰动。

乔治·桑是一位多产作家，她一生写了近百卷不朽的作品、20卷的回忆录《我的一生》以及大量书简和政论文章。她早期的代表作有《安蒂亚娜》、《华伦蒂娜》、《莱莉亚》等，描写爱情上不幸的女性，不懈地追求独立与自由，充满了热情与反抗的精神。随后的《木工小史》、《安吉堡的磨工》等则提出了资本主义社会中妇女的命运问题，带有空想社会主义的意味。后期的田园小说是乔治·桑文学创作中最重要的部分，《魔沼》、《弃儿弗朗索瓦》、《小法岱特》等名篇都具有浓郁的浪漫色彩。最后乔治·桑转向传奇小说的创作，《金色树林的美男子》是其代表作。

1876年春，乔治·桑因肠胃病恶化而导致健康状况每况愈下，6月8日的清晨，这位一生传奇的女作家溘然长逝。

《一八三八年，乔治·桑和她的朋友》

这幅漫画是爱尔邦蒂耶对乔治·桑的讽刺。当时批评这位女小说家想要获得"低俗的自由"的声音不断。波德莱尔甚至说她仅是一个"愚蠢的胖女人"，就像"往头上扣一个圣水缸"。

文学角斗士
PUSHKIN 普希金

普希金画像
风中的普希金显得忧郁而又充满憧憬。

普希金（1799～1837）是俄罗斯历史上最伟大的诗人和俄国现实主义文学的奠基人，他的文学创作在俄罗斯乃至世界文学史上都占有光辉的地位，高尔基赞誉他是"俄国文学之始祖"。在短短的不到40年的生命中，普希金一共为后人留下了800多首优美动人的抒情诗和《自由颂》、《致恰达耶夫》、《青铜骑士》等著名长诗，以及为后世所推崇的长篇小说《上尉的女儿》和《别尔金小说集》，当然更少不了他的巅峰之作、俄国批判现实主义文学的奠基之作——诗体小说《叶甫盖尼·奥涅金》。

纵观普希金的一生，他总是在双重人格的控制下为我们表演一出又一出惊世骇俗的人生戏剧。有时他是严肃的、热衷于革命的正义诗人，有时他又成了贪恋女色、痴狂于决斗的纨绔子弟。而至于后者，在当时的俄罗斯甚至比他的文名更加家喻户晓。还是在为贵族子弟开设的皇村中学求学时，普希金的诗作就已博得广泛的赞誉，并受到了当时沙皇亚历山大一世的关注，普希金由此得到了可以接近宫廷女官的机会，而正是这样一个机会，让普希金沾惹上一个女官的侍女，两人关系愈发密切，以至于有一次酒醉后的普希金闯进女官的房间，抱住背坐的女子胡乱亲吻，结果回过头的女子不是侍女，而是女官本人。这件事的后果是沙皇震怒，不久以后普希金就被放逐到南俄。当然这只是沙皇冠冕堂皇的借口，而真正的原因是普希金的政治诗在贵族青年中传播很广，已对反抗沙俄的

> 只有从普希金起，才开始有了俄罗斯文学，因为在他的诗歌里跳动着俄罗斯生活的脉搏。
>
> ——别林斯基

革命运动带来了一定的影响，正如亚历山大一世愤愤所言："他弄得俄罗斯到处都是煽动性的诗，应该把他流放到西伯利亚。"

在 1825 年 12 月党起义失败后，刚即位的尼古拉一世为收买人心而将已是著名诗人的普希金召回莫斯科。沙皇问普希金，如果起义时他在彼得堡，他会做什么，诗人明确回答，他会在起义者的行列里。普希金的名作《上尉的女儿》正是取材于 18 世纪的普加乔夫大起义。小说把普加乔夫塑造成一个正义的农民起义者的形象，而不是当时贵族社会所污蔑的杀人放火的强盗，普加乔夫英勇机智、坚定乐观，受到人民的拥戴。这也表现了普希金进步的政治立场，以及他对英雄人物的向往。

受俄罗斯传统文化熏陶的普希金同样热衷于决斗。他在一生中经历了多次的决斗，这在一般被认为是比较文弱的作家中堪称异数。在他的《叶甫盖尼·奥涅金》中就有这样的情节，这部诗体小说描写了彼得堡一个贵族青年叶甫盖尼·奥涅金感到贵族社会的空虚无聊，为继承叔父的遗产来到乡村。他与当地一个女地主的女儿达吉亚娜结识并热烈交往，达吉亚娜对他表达了诚挚的爱情，原本就抱着玩玩心理的奥涅金冷酷地拒绝了达吉亚娜。出于邪恶的不负责任的恶作剧，奥涅金又玩弄了达吉亚娜的妹妹奥丽加，导致他与奥丽加的未婚夫连斯基决斗，并杀死了连斯基。惨剧发生后奥涅金回到彼得堡，过了许久，奥涅金偶遇达吉亚娜，她已嫁给一个年老的将军，成了彼得堡社交界的贵妇。他对达吉亚娜的感情再度炽热起来，开始不断地追求，但为难的达吉亚娜当面回绝了他，她虽然爱他，但已不能属于他。奥涅金成为俄国 19 世

诗诵会上的普希金　列宾　俄国

1811 年，普希金进入彼得堡的皇村学校。在 1815 年 1 月 8 日皇村学校的升学考试中，普希金当众朗诵了《皇村的回忆》一诗，受到在场的诗人杰尔查文的热情称赞，并预言俄国将有一个新的诗歌天才诞生。此图描绘的便是普希金在升学考试中朗诵诗歌的情形。

纪初贵族青年彷徨苦闷和自私自利品性的代表，可以说，他的身上也存在着诗人自身的影子。然而，普希金却并没有奥涅金那般的幸运。

1831年2月18日，普希金与莫斯科一位19岁的少女娜·尼·冈察洛娃结婚，但家庭生活并不愉快。有一种说法是因为普希金的写作与思想在革命阵营中有很强的鼓舞力，这渐渐导致了贵族阶层对他的恐惧与憎恨，他们利用普希金的弱点设下阴谋并企图害死他。在此之前，彼得堡的上流社会流传着一些流言蜚语，说有一个年轻英俊的近卫军骑兵团军官丹特士正拼命追求普希金的妻子，而且两人似乎已经有了某种暧昧的关系。这时有一些不怀好意的人以劝解为名暗中加深两人之间的误会和矛盾，这直接导致了普希金与丹特士的公开冲突。在第一次决斗被劝解后不久，有人故意举办舞会使冈察洛娃与丹特士不期而遇，从而让普希金难堪，他们的矛盾再次激化。普希金写下一封措辞激烈的挑战信，要求和丹特士决斗。1837年2月8日，两人开始了决斗，当高傲而诚实的普希金还在按着约定好的步数前行准备回头射击时，狡猾的丹特士已扣响了扳机。被偷袭的普希金奋力回击，但并没有伤及丹特士的要害。深受重创的普希金虽然剧痛难当，但在医生为他注射了一些鸦片后，弥留之际仍表现得镇定自若，甚至安静地与亲人一一作别。2月10日下午，普希金的意识愈发弥散，不久就悄无声息地闭上了双眼。

诗人用这样一种戏剧化的方式完成了自己生前的最后一件作品。关于普希金的一生与创作，他在逝世前一年写的《纪念碑》一诗也许可以被视作一个合适的总结或是预言。

"我为自己建立了一座非人工的纪念碑／我的名声将传遍整个伟大的俄罗斯／它现存的一切语言／都会讲着我的名字／……在这残酷的世纪／我歌颂过自由／并且还为那些倒下去的人们／祈求过怜悯同情"

浪漫霍桑与光荣

THE SCARLET LETTER 红字

纳斯内尔·霍桑（1804～1864）出生于美国马萨诸塞州塞勒姆镇的一个很有名望的家庭中，他的先祖是马萨诸塞殖民地的重要政治人物，家中世代信奉加尔文教。四岁时霍桑做船长的父亲病死在航海途中，这让他过早地体味到生活的苦难与艰辛。霍桑就读于缅因州鲍多因大学时开始从事文学创作，期间结识了后来成为著名诗人的朗费罗、当上总统的皮尔斯和投身海军的布里奇，这几位学友都对他后来的生活和创作产生过影响。毕业后霍桑曾两度在海关任职，1837年霍桑出版了第一个短篇小说集《重讲一遍的故事》，引起人们的关注。1853年霍桑就任美国驻英国利物浦领事，1857年后侨居意大利，1860年回国专事创作。从此霍桑过着与世隔绝的生活，沉浸于自己的写作世界。

霍桑像

霍桑的作品种类涉及小说、短篇故事和杂文等。其经典之作《红字》为他奠定了19世纪美国本土小说家的领袖地位。当时的评论界说他是"出生于本世纪的最伟大的作家"。

1850年，45岁的霍桑完成了他的第一部长篇小说《红字》，这使他一举成名，成为当时美国文坛公认的最重要的作家，次年便有了德译本，三年后又有了法译本，并被改编成戏剧和歌剧。此后霍桑佳作不断，其中包括长篇小说《带有七个尖角楼的房子》、《玉石雕像》，以及较为重要的短篇小说《教长的黑面纱》、《思狄柯特与红十字》、《拉伯西尼医生的女儿》、《石面人像》等。

小说《红字》所描绘的故事背景是1650年的波士顿，这里的居民都是17世纪二三十年代来此定居的第一代欧洲移民，其中绝大多数都是在英格兰受到詹姆斯一世的迫害而被迫迁移的清教徒，即加尔文教教

霍桑年表

1804 年 7 月 4 日	霍桑出生于美国马萨诸塞州塞勒姆镇。
1821 ~ 1825 年	开始写小说,写出了长篇小说《范肖》。
1830 ~ 1832 年	第一批正式出版的作品问世:《三座》、《一个老的故事》。
1836 年 1 月	受聘任《美国实用和娱乐杂志》编辑,这是霍桑第一份正式受雇工作。
1840 ~ 1841 年	出版三本儿童读物《祖父的子》《著名的人》《自由树》。
1849 年	开始写作《红字》。
1850 年	《红字》出版。
1853 ~ 1857 年	担任领事,力图对美国的商船改革发挥影响。
1864 年	健康逐渐恶化,5 月 19 日在美国新罕布什尔州的普利茅斯于安睡中逝去。

徒。最初的清教有着进步的一面,他们强调理智,排斥感情,禁绝欲望,然而后来发展到极端的程度,不但开始疯狂地迫害异己,甚至连女人在街上微笑都要处以监禁,儿童在公共场合玩耍也要受到鞭笞。

霍桑深受加尔文教的影响,无法完全摆脱"原罪"和"赎罪"思想,但他毕竟是一个拥有良知的作家,从对自己家族的反思中,霍桑感受到了清教专制反动与丑恶,在自我挣扎与救赎中,作家用自己的思考和良心为我们描绘了这样一部作品。

女主人公海丝特·白兰同丈夫移民至波士顿,中途丈夫被印第安人俘获。海丝特孤身赴美,被青年牧师丁梅斯代尔诱骗至怀孕。当海丝特身形暴露,立刻被虚伪的清教徒们所迫害。他们将她投入监狱,游街示众,公开审判,并为海丝特烙下象征耻辱的红色"A"字,意为通奸女犯——Adultery。这也是小说名字的由来。

波士顿州长亲自审讯海丝特,被公众视为最高道德典范的诱骗犯丁梅斯代尔也站在审判者的行列里要她招出奸夫的名字。海丝特誓死不招,受尽屈辱,但她仍顽强地活了下来。海丝特的忍辱负重、代人受过和不屈不挠唤醒了丁梅斯代尔的良心,自责而愧疚的他由此一病不起。海丝特的丈夫奇林渥斯获释归来,暗中调查出事件真相,并想置丁梅斯代尔于死地。海丝特被刻画成一个具有极高道德感的完美形象,她以自己的宽容和苦难感化了犯下大错的丁梅斯代尔,表现出霍桑的人道主义理想。海丝特与丁梅斯代尔商定在新市长就职日带着孩子一同逃走,却因奇林渥斯的发觉而落空。

新市长就职当天,丁梅斯代尔携手海丝特和女儿走上那座构成《红字》故事中心场景的示众台,当众宣布了自己诱骗海丝特的事实,随后死在海

它们是过分荫凉处盛开的苍白花朵——那凉意来自沉思默想的秋习,漫透每一篇作品的情感与心得。取代激情的是感伤……此书应在宁静沉思的黄昏时分阅览,若在灿烂的阳光下打开,就很可能好似一部白茫茫的无字天书。
——霍桑对自己作品的评价

丝特怀中。海丝特从此得到解放，带着女儿远走他乡。多年后女儿有了很好的归宿，海丝特孤身一人回到波士顿，仍带着那个**红色的"A"字，——"A"字又何尝不可以代表"前进"（Advance）呢！她将耻辱的红字变成了光荣的象征，一直到死。**

　　为了表达深刻的主题，霍桑在这部自称为"心理罗曼司"的小说中，大量运用象征手法，并在情节和语言上注入主观主义色彩，人物心理活动和直觉描写占据重要篇幅。霍桑对世界文坛的贡献是巨大的，《红字》不仅代表美国浪漫主义小说的最高成就，同时也是心理分析小说的开篇之作。虽然这使小说带上了一些神秘主义的倾向，但却帮助读者更深入地了解了人物的心理世界和文章背后所阐发的哲思。

霍桑故居
1849年，霍桑在这栋位于马萨诸塞州塞勒姆镇的小楼上开始着手写作《红字》，并承受着失业和丧母的痛苦与写作的辛劳。

ANDERSEN

童话王国的缔造者

安徒生

汉斯·克里斯蒂安·安徒生（1805～1875）出生于丹麦中部小城奥登塞的一个贫苦鞋匠家庭，他是丹麦19世纪著名的童话作家，也是世界文学童话的创始人。安徒生自幼酷爱文学和艺术，14岁时他只身来到首都哥本哈根，先后做过舞蹈演员和歌手，曾因变声而离开丹麦皇家剧院。1822年，安徒生终于凭借诗剧《阿尔芙索尔》展露才华，被皇家剧院送入专业戏剧学校深造，几年后进入哥本哈根大学。毕业后安徒生到欧洲各地旅行，寻找创作灵感，他一生都保持了对旅行的热爱，在四处漫游中写下了大量游记，并于1838年获得全国作家奖金。安徒生终身未娶，孤单一人，把整个生命都献给了文学创作。

安徒生塑像
这是位于美国纽约中央公园的安徒生塑像，是专为儿童树立的地标。

安徒生的文学创作种类繁多，早期主要撰写诗歌和剧本。1833年出版的长篇小说《即兴诗人》为他赢得了很高的声誉和大量的读者，是他成人文学的代表作。

从30岁起，"为了争取未来的一代"，安徒生决定给孩子写童话，并于当年出版了《讲给孩子们听的故事》。此后数年，每到圣诞节安徒生都出版一本童话集，直到1872年因患癌症而停止。正如安徒生自己所说："这才是我的不朽工作。"

安徒生是世界上第一个将童话从粗糙质朴的古老传说和民间故事发展成优美而蕴涵作者内心情感的文学童话，为后世作家树立了典范。

安徒生用他生命中的 40 年时间精心为孩子们编写了 164 篇童话故事，他的童话具有鲜明的艺术风格，将诗意的美和喜剧性的幽默融合在一起，其浓郁的文学性与绘画性就像一面五彩的镜子，展现出安徒生独特的人生感悟。

安徒生最早的童话充满了浪漫的幻想和乐观的精神，《海的女儿》、《拇指姑娘》、《丑小鸭》、《野天鹅》是这一时期的代表作。漂亮的美人鱼是海里的公主，她渴望获得纯真的爱情和人类才拥有的灵魂。美人鱼不惜牺牲自己的金嗓子向女巫求助，换取了人的形体，来到她所心爱的王子身边。然而不能发声的她无法向王子表达自己的爱，最终没有得到王子的心，也无法得到人的灵魂，只能无奈地死去，化为波涛的泡沫飘散在海面上……安徒生中期的童话幻想成分减弱了，而现实成分在增强，在对美好生活的执着追求中流露出一丝丝的忧郁。这一时期的代表作有《卖火柴的小女孩》、《白雪公主》、《演木偶戏的人》等。到了创作晚期，安徒生更真切地面对现实，描写苦难的人们的悲惨命运，揭露现实的黑暗和人间的不平，童话的基调愈发低沉，《她是一个废物》、

《安徒生童话集》的封面（1895 年）无论哪个国家出版安徒生童话，都会设计得绚丽多彩，因为它带给人的感觉永远是色彩斑斓的。

《单身汉的睡帽》、《幸运的贝儿》都深刻地反映了这一点。

安徒生的童话里都包含着一颗纯洁的童心，他把自己变成了一个儿童，用儿童的眼睛观察自然，用儿童的想法描绘自然，把我们带进一个与现实完全不同的儿童世界。安徒生的童话不仅仅是为孩子写的，它也同样启发成年人。他的童话拥有成人文学所欠缺的丰富的幻想、奇幻的构思和朴素的幽默。而对现实生活的真实描述也是他许多脍炙人口的童话的共同特色，如《豌豆上的公主》、《牧羊女》、《皇帝的新装》、《扫烟囱的人》等都充满了浓郁的生活气息。

安徒生的童话所表达的是对人间的爱与关怀，它完全超越了普通童话创作的界限，不但成为童话文学的最优秀作品，**也是丹麦文学最伟大的代表**。它是上帝留给所有孩子的最好礼物，陶冶了全世界一代又一代的少年儿童。安徒生的童话被译成了100多种文字，深受全世界人们的喜爱，成为世界文学的宝贵遗产。由于安徒生童话在孩子心目中的重大影响，1954年国际儿童读书联盟设立了以他的名字命名的世界儿童文学最高奖——国际安徒生奖，以此纪念作家本人并鼓励更多的人从事童话创作。

安徒生的剪纸作品及签名
安徒生曾说过，"剪纸是诗文创作的开始"，他还在一幅剪纸上写道："从剪刀下，猛地蹦出了一篇童话，剪纸归了你，你是温和的评判家。"其实安徒生的很多剪纸作品就是一篇篇小童话。

十八世纪欧美文学

关键词：启蒙运动

● 概述

　　18世纪初期，古典主义仍在欧洲占统治地位。随着启蒙运动（见63页"文学小辞典"）的发展，作家们开始另辟新径。狄德罗和莱辛的"市民剧"为近代现实主义文学开辟了道路，英国的现实主义小说和法国的哲理小说也是18世纪产生的新的文学成就。这一时期还产生了书信体小说、对话体小说、抒情小说、教育小说等文学形式。

● 代表作家·代表作品

英国文学

丹尼尔·笛福（1660～1731）（18世纪英国现实主义小说奠基人）

　　《鲁滨孙漂流记》

约拿丹·斯威夫特（1667～1745）《格列佛游记》

亨利·菲尔丁（1707～1754）《汤姆·琼斯》

劳伦斯·斯特恩（1713～1768）《感伤旅行》

法国文学

孟德斯鸠（1689～1755）《波斯人信札》

伏尔泰（1694～1778）《查第格或命运》、《天真汉》

德尼·狄德罗（1713～1784）《拉摩的侄儿》

让-雅克·卢梭（1712～1778）《爱弥尔》、《忏悔录》、《新爱洛伊丝》

德国文学

高特荷德·埃夫拉姆· 莱辛（1729～1781）（德国民族文学的奠基人）

　　《爱米丽雅·迦洛蒂》

歌德（1749～1832）《少年维特之烦恼》、《浮士德》

席勒（1759～1805）《阴谋与爱情》

真爱永恒

JANE EYRE 简·爱

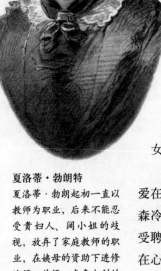

夏洛蒂·勃朗特

夏洛蒂·勃朗特起初一直以教师为职业,后来不能忍受贵妇人、阔小姐的歧视,放弃了家庭教师的职业,在姨母的资助下进修法语、德语,在意大利的学习经历激发了她强烈的表现自我的愿望,促使她走上文学创作之路。

夏洛蒂·勃朗特(1816 ~ 1855)是著名的勃朗特三姐妹作家之一,出生于英国北部山区的一个贫苦的牧师家庭,早年丧母,父亲无法养活6个子女,便将女孩儿们送到寄宿学校,夏洛蒂长大后在那里任教三年,之后外出去做家庭教师,这些经历都与《简·爱》中的情节相仿。人们相信《简·爱》就是夏洛蒂·勃朗特"诗意的生平"的真实写照,是一部具有半自传性的作品。

"你以为我穷,不好看,就没有感情吗?我也会的,如果上帝赋予我财富和美貌,我一定使你难于离开我!就像现在我难于离开你!上帝没有这样!我们的精神是同等的!就如同你跟我经过坟墓,将同样站在上帝面前!"

还能想起这段经典的对白吗?这段激励了多少世纪和不同国度青年男女的精神名言,正是来自于那部经典小说中的女主人公之口,她就是简·爱。

简·爱是一个孤儿,父母在她很小时便相继离世。幼年的简·爱在舅母的百般刁难中痛苦地生活了10年。后来舅母把她送进阴森冷酷的孤儿院,一待又是6年。成年后她来到桑费尔德庄园,受聘为罗切斯特家的家庭教师。简·爱很快被高傲的男主人所吸引,在心底默默地爱上了他。几经磨砺,简·爱与罗切斯特终于抛下了身份与地位的差异真心相爱并订了婚。婚礼举行的当天,简·爱惊悉罗切斯特15年前就已经拥有了一个发疯的妻子,并一直被藏在家里。简·爱带着痛苦与绝望离开了桑费尔德。

简·爱在教士里瓦斯的帮助下找到一份乡村小学教师的工作,

期间意外获得一位远方亲戚的遗产。善良的简·爱将这笔遗产与里瓦斯及其姊妹分享，然而当里瓦斯向她求婚时，简·爱却无法忘却对罗彻斯特的爱，她决心要回到他的身边。此时的桑费尔德庄园已变成一片废墟。简·爱得知罗切斯特太太在一场大火中死去，而罗彻斯特为了救她烧瞎了双眼。简·爱找到罗彻斯特，向他表明自己的情感，这对历尽苦难的恋人终于走到了一起。两年后他们的第一个孩子出生，罗彻斯特的眼睛又看到了光明。

《简·爱》于1847年一出版便轰动文坛。当时的英国社会对女性从事文学创作仍抱有很大的偏见，夏洛蒂在发表这部作品时使用了一个男性化的笔名柯勒·贝尔。然而作品独特的视角和细腻的描写让读者对作者的性别产生了很大的疑问，人们无法凭据这个名字相信作者就是一名男性。作家萨克雷的态度十分肯定："它是一个女人写的，但她是谁呢？"而攻击《简·爱》的报纸也断言："除了一个女人，谁会冒极难成功的风险，写满八开本三大卷，来讲一个女人的心灵史？"

然而《简·爱》的意义不仅在于使英国文坛发现了一名优秀的女作家，而是使全世界无数的青年男女从女主人公简·爱身上找到了追求真正爱情和人格平等的精神力量。

作为一部现实主义杰作，《简·爱》带有浓厚的浪漫主义色彩。简·爱的形象非常特别，她没有惯常小说中女主人公曼妙的身姿和漂亮的脸蛋儿，相反，她矮小、苍白，一点儿也不美，但却有着丰富的情感和坚定的性格。在慈善学校，面对饥饿与惩罚，她总是倔强地不肯流下眼泪；做家庭教师，在傲慢的罗彻斯特面前她依旧不卑不亢。而当简·爱了解了罗切斯特内心的痛苦时，她又能冲破传统观念的束缚去追求真正的爱情。当时的伪道士们认为《简·爱》中对于带有浪漫主义色彩的爱情描写犯下了人类"堕落

《简·爱》插图
简·爱与罗切斯特初次相遇

本性中最坏的罪恶——骄傲罪"，而且在简·爱身上"看不到一点基督的神恩"，这荒谬的抨击正好说明了作为一部真正意义上的世界传世名著所具有的价值所在。

1849 年夏洛蒂的弟弟和两个妹妹相继去世，她借由小说《谢利》寄托了对妹妹艾米莉的哀思，此书也获得了巨大成功。她还有两部作品《维莱特》和《教师》，都是根据自己的生活经历写成，充满了自传色彩。夏洛蒂的情感生活远不如简·爱富有传奇性，直到 38 岁才与父亲的副牧师结婚，婚后度过了短暂的幸福时光，期间开始着手小说《爱玛》的创作，不幸未能完成便于次年因病去世了。

《简·爱》电影海报

《简·爱》是全世界拥有读者最多的爱情小说，自问世以来，不断被搬上舞台和荧屏。各国电影人对这个故事颇为热衷，从早年的 orson welles 版本到近期的威廉赫特版本，半个多世纪中，已有七八个版本的《简·爱》与观众见面。

延伸阅读

《维莱特》：夏洛蒂·勃朗特的成名作《简·爱》早已为人所熟知，但她的另一部作品，也是更为批评家所推崇的小说《维莱特》却知之者甚寥。尽管这两部作品都带有一定的自传色彩，但《维莱特》无论从创作思想或艺术手法上都更为成熟。这本书的主人公露茜·斯诺也是一个无依无靠、寄人篱下的孤女。故事主要讲述她同约翰医生及保罗先生的感情纠葛，并通过这一系列的情感危机来使露茜在精神上获得健康的自我教育，使其最终经受生活的挑战而获得完美的爱情。因此，《维莱特》在体裁上看似乎又属于女性成长小说一类。

诡异奇幻的 呼啸山庄

英国 19 世纪著名的女诗人、小说家艾米莉·勃朗特（1818 ~ 1848）是夏洛蒂·勃朗特的妹妹，安妮·勃朗特（著有《阿格尼丝·格雷》）的姐姐，她们三人一道被称为文学史上的"勃朗特三姐妹"。和夏洛蒂一样，艾米莉也曾在条件恶劣的寄宿学校求学，并曾随姐姐去比利时学习语言和文学。艾米莉性情恬静，性格内向，还带着几分男性的刚硬，从小酷爱写诗。她在少女时代便显现出超越其年龄并远胜于她的同样优秀的姐妹们的深刻倾向，在她们自编的诗集中艾米莉的作品总是困惑于生命中的"恶"这一主题，在抒情诗风中闪现着死亡的阴影。留给后世 193 首诗的她被认为是英国文学史上最具天才的女诗人之一。《呼啸山庄》是她一生中唯一一部小说，然而它在当时却不被世人理解，这让年仅 30 岁的艾米莉抑郁而终。

勃朗特三姐妹画像，由左至右：安妮、艾米莉、夏洛蒂。

在英国文学史上，艾米莉·勃朗特的《呼啸山庄》是一部散发着异彩的惊世骇俗之作，**一部"可怕的、令人痛苦的、强有力而又充满激情的最奇特的小说"和"神秘莫测的怪书"**。

英格兰北部山区有一座与世隔绝的山庄，因常受飓风侵袭而被称为"呼啸山庄"。山庄主人安休带回一个叫希斯克里夫的孤儿，并让他与自己的儿子辛德礼和女儿凯瑟琳生活在一起。辛德礼敌视并虐待希斯克里夫，而希斯克里夫与凯瑟琳却萌生了真挚的爱情。安休死后辛德礼成为山庄的主人，更加对希斯克里夫百般虐待，并禁止他与凯瑟琳交往。

凯瑟琳结识了画眉山庄的主人爱德加·林顿，林顿被凯瑟琳的美貌所吸引并向她求婚。凯瑟琳为了脱离辛德礼的控制，接受了林顿的求爱，并天真地想借林顿家的财富帮助希斯克里夫摆脱哥哥的迫害。希斯克里夫听到消息后痛不欲生，从此失踪。凯瑟琳多次寻找未果，不久与林顿结婚。三年后希斯克里夫回到呼啸山庄，此时的他已变成一名富裕的绅士，但他内心深处依然充满着对凯瑟琳的深爱和对辛德礼的仇恨。希斯克里夫回乡的目的便是要向曾经迫害过他和夺走他心上人的所有人报复，他引诱辛德礼沉溺赌场，趁机夺走他的全部财产，使辛德礼沦为自己的奴仆，并加倍虐待辛德礼的儿子黑尔顿。

《呼啸山庄》插图
洛克乌德初会希斯克里夫

希斯克里夫在画眉山庄引诱林顿的妹妹伊莎贝拉与他私奔，并将她囚禁在呼啸山庄。伊莎贝拉无法忍受希斯克里夫的折磨，在凯瑟琳去世之际离家出走。伊莎贝拉在她与希斯克里夫所生的儿子小林顿12岁时离世，不久辛德礼也在痛苦中过世。为了谋取林顿家的财产，希斯克里夫逼迫自己的儿子小林顿和凯瑟琳的女儿凯蒂结婚，但不久爱德加·林顿的去世使希斯克里夫终于平息了复仇的念头。凯蒂与黑尔顿彼此相爱，希斯克里夫原本想要拆散他们，但爱最终战胜了仇恨，希斯克里夫已不忍再报复了。在一个风雪之夜，他怀着对凯瑟琳的深深思念离开了人世，发生在呼啸山庄里历经三代的爱恨情仇至此尘埃落定。

《呼啸山庄》所展现的阴郁的感觉和离奇的故事，像是一种病态生活的再现。整个场景在一个封闭的环境——两个孤立的山庄中展开，书中的人物身上体现着极度的爱与极度的恨，使小说在战栗中表现出强烈的戏剧性。全书充满了反抗压迫的斗争精神和向往爱情幸福的浪漫气氛，其中的对爱情的热烈拥抱，对不平等的强烈报复震撼着每一位读者。正如书中所述，这里所发生的一切，就像是一场剧烈的风暴。希斯克里夫和凯瑟琳是那样地相爱，但最终却无法走到一起。在他们之间隔着的不仅有凯瑟琳一直不愿面对的身份差异，还有各自与生俱来的性格弱点。他们虽然了解对方，并深爱着对方，却又总是互不信任，这使他们成为彼此内心深处的枷锁，谁也无法解脱。当凯瑟琳在虚荣与真爱之间徘徊时，希斯克里夫同样无法清醒地看清情势，而希斯克里夫对所有人的恨也表明着他对凯瑟琳的最炽烈的爱。正如英国著名作家毛姆在评论《呼啸山庄》时所说：**"我不知道还有哪一部小说，其中爱情的痛苦、迷恋、残酷和执著，曾被如此令人吃惊地描述出来。"**

《呼啸山庄》在 20 世纪中后期愈发引起人们的重视，其中所展现的叙述技巧、写作风格以及思想高度被认为是隐含了现代主义文学的创作特征，人们惊叹这部有着"现代性"风貌的作品所表现出来的早熟，其热度与受关注度竟致超越了姐姐夏洛蒂几个世纪以来所为人称道的大作《简·爱》，艾米莉终于在当代找到了自己的知音。

呼啸山庄的原型——哈沃斯基原深处的一座古宅

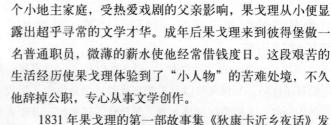

"自然派"的奠基石
死魂灵

尼克拉·华西里耶维奇·果戈理（1809～1852）出生于乌克兰的一个小地主家庭，受热爱戏剧的父亲影响，果戈理从小便显露出超乎寻常的文学才华。成年后果戈理来到彼得堡做一名普通职员，微薄的薪水使他经常借钱度日。这段艰苦的生活经历使果戈理体验到了"小人物"的苦难处境，不久他辞掉公职，专心从事文学创作。

1831年果戈理的第一部故事集《狄康卡近乡夜话》发表，作品幽默谐趣地展现了乌克兰农村生活的风土人情，使作家一举成名。

1831年果戈理结识了俄国著名作家普希金，并从他那里得到了一个真实而有趣的故事。普希金为搜集创作材料曾到异地采风，当地人把他当成彼得堡派来"私

果戈理像

果戈理是俄国19世纪前半叶最优秀的讽刺作家，讽刺文学流派的开拓者、批判现实主义文学的奠基人之一。

访"的钦差大臣，结果闹出许多笑话。果戈理深受启发，很快写出了代表作讽刺喜剧《钦差大臣》。剧作对当时沙皇政府的辛辣讽刺维妙维肖、鞭辟入里，获得巨大成功。

《钦差大臣》之后果戈理掉转笔锋，开始着力描写那些生活在穷乡僻壤的地主贵族。他用泼辣幽默的笔触，描绘俄罗斯农奴制度的"百丑图"，这就是他在1842年出版的小说《死魂灵》。小说描写了一个善于投机钻营的骗子——六等文官乞乞科夫买卖死魂灵的故事。乞乞科夫来到某省会NN城，先用一个星期打通了与从省长到建筑技师的大小官员的关系，然后去市郊向地主们收买已经死去但尚未注销户口的农奴，准备把他们当作活的农奴抵押给监管委员会，骗取大笔押金。他与地主们讨价还价，买到了一大批死魂灵，当他凭着早已打通的关系迅速办好法定的买卖手续后，其罪恶的勾当被人揭穿，乞乞科夫狼狈逃走。果戈理在书中惟妙惟肖地描绘了俄罗斯外省地主的各种嘴脸：有终日做梦、内心空虚的寄生虫；有迷信多疑、智能低下的守财婆；有只会吹牛撒谎的无赖恶棍；有粗暴狠毒的阴险

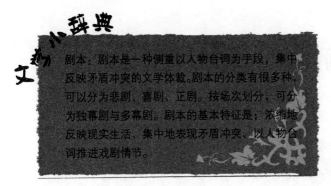

剧本：剧本是一种侧重以人物台词为手段，集中反映矛盾冲突的文学体裁。剧本的分类有很多种，可以分为悲剧、喜剧、正剧。按场次划分，可分为独幕剧与多幕剧。剧本的基本特征是：浓缩地反映现实生活、集中地表现矛盾冲突、以人物台词推进戏剧情节。

家；有家境富裕却极为吝啬的怪老头，这些丑恶的面目生动地表明了俄国农奴制度的行将灭亡。

《死魂灵》因其深刻描写了俄国社会的"病态历史"而"震撼了整个俄罗斯"，它对俄国封建农奴制度的揭露与批判，是俄国长篇小说中的首次亮相。《死魂灵》被认为是俄国批判现实主义文学的奠基之作，也是果戈理现实主义创作的最高峰。别林斯基赞扬它是"俄国文坛划时代的巨著"，是一部"高于俄国文学过去以及现在所有作品之上的，既是民族的，同时又是高度艺术性的作品"。

　　《死魂灵》第一部出版后，果戈理前往国外治病，6年的侨居生活使他的思想发生了巨大的变化。在《死魂灵》的第二部里，作家极力想表现出俄罗斯生活的光明一面，以唤起人们对维持现存社会状况的认同感，但在改改写写中却陷入了精神的极度矛盾。1852年身患重病的果戈理对自己几年来重写的《死魂灵》仍无法满意，他在极度矛盾和痛苦中告别人世，终年43岁。

　　果戈理终身未娶，一生几乎全是在穷困和疾病的折磨中度过，他虽然看清了农奴制度的黑暗与丑恶，却不想推翻它，这也是他为何要创作《死魂灵》第二部的真正动机，然而始终抱持着作家良心的果戈理却两次将手稿付之一炬，也许当时的他是痛苦的，然而从历史的角度来看，他又是幸运的，因为他的这个无比高尚的举动使他成为19世纪俄国现实主义文学的一代宗师，一个可以为文学史册所铭记和尊敬的人。

果戈理焚稿 俄 列宾

《死魂灵》第一卷发表后，作者逐渐丧失了当年旺盛的创作激情，陷入宗教狂热之中。1847年，果戈理发表了《与友人书信选》，对以往发表的揭露官场腐败和社会黑暗的作品表示公开的忏悔。1852年2月11日，果戈理亲手将《死魂灵》第二卷手稿投进火里。10天后，与世长辞。

人性的回归

汤姆叔叔的小屋

UNCLE TOM'S CABIN

斯托夫人(1811～1896)全名哈里特·比彻·斯托,出生于美国康涅狄格州利奇费德的一个牧师家庭。她的父亲是当时著名的牧师革曼·比彻,斯托夫人早年深受神学的熏陶,终其一生都生活在宗教的氛围之中。斯托夫人年少时因叔父萨缪尔·福特的影响而接受了自由主义的信仰,她喜欢读拜伦的诗歌和司各特的浪漫小说,这在她后来的创作中有明显的表现。1850年斯托夫人跟随丈夫卡尔文·斯托迁居至缅因州,那里关于反对奴隶制的社会论战使她激动无比,她曾和朋友们在肯塔基州梅斯维尔的很多种植场亲眼看见了黑人奴隶的悲惨境遇,愤慨不已的斯托夫人决心用自己的笔让更多的人了解这些状况,并由此逐步成为一名坚定的废奴主义者。在家人的鼓励下,斯托夫人利用空余

斯托夫人旧照及签名
这位看上去柔美娇小的女子,却用手中的笔刺中了美国奴隶制的要害,在废奴运动中起了不可估量的作用。

时间写出了《汤姆叔叔的小屋》,小说一经推出便引起了强烈的反响,使她在美国文坛乃至整个社会一举成名。

《汤姆叔叔的小屋》出现在美国内战爆发的前10年,那时正是美国废奴运动开展得如火如荼的时期。1851年小说在《民族时代》刊物上连载,原本以为几期可以完成的故事竟一气延伸了将近一年。连载立即引起了山崩海啸般的反响,正如斯托夫人自己所说,**"小说是上帝自己写的,我只不过是他手里的一支笔"**。次年小说

的单行本问世，仅一年就重印了100多版，销出30余万册，几乎当时每一个识字的人都争相阅读，并很快被译为20多种文字在世界各地畅销。

小说讲述的是，19世纪初，美国肯塔基州的谢尔比农场，一群黑人奴隶在善良的种植园主谢尔比家中过着平等自由的生活。然而家族生意破产，谢尔比为了还债被迫要卖掉两个奴隶：一个是"家生"奴隶汤姆，他从小伺候主人，成年后当上家奴总管，很受黑奴的尊重和主人的喜爱，主人的儿子乔治也非常尊敬他，叫他汤姆叔叔。另一个是黑白混血种女奴伊丽莎的儿子哈利。伊丽莎偶然听到主人要卖掉汤姆和哈利的消息，连忙告知汤姆夫妇，并决定连夜带着儿子逃走。伊丽莎冒着生命危险跳下冰冷的俄亥俄河，在好心人的帮助下逃到了一个保护逃亡黑奴的村子，不久她的丈夫乔治·哈里斯也伺机逃出与妻子会合，他们带着孩子，历经艰险，终于在废奴派组织的帮助下，抵达了自由的加拿大。

而汤姆面临的却是另外一种遭遇。他没有出逃，而是顺从地接受了命运。汤姆在船上救了一个奴隶主的小女儿伊娃，伊娃的父亲圣·克莱出于感激买下了汤姆，让他到自己的家中做一名家仆。汤姆在这里过了两年安稳的生活。后来伊娃病故，临死前恳求父亲解放汤姆，然而祸不单行，当圣·克莱还没有来得及办妥法律手续时，便在一天晚上被人杀害了。冷酷的圣·克莱太太没有解放汤姆，而是将他送到黑奴市场。汤姆落到了极端凶残的种植园主莱格利手中，在那里所有的黑奴被迫成年累月地干着极度沉重的工作，过着非人的生活。莱格利把黑奴当作"会说话的牲口"，任意鞭打，滥用私刑。一次种植场有两个女奴为了求生逃走，莱格利断定汤姆知道内情，便把他捆绑起来，严刑逼供，但善良的汤姆没有透露丝毫的口风。就在汤姆垂死之际，乔治赶来赎救汤姆，然而汤姆已无法领受小主人迟来的恩惠，最终离开了人世。乔治狠狠地揍了莱格利一顿，悲伤地埋葬了汤姆。他发誓要铲除可恶的奴隶制度，回到家乡后他以汤姆叔叔的名义解放了家中的所有黑奴。

《汤姆叔叔的小屋》是美国

《汤姆叔叔的小屋》宣传海报
上面写着：这部小说是本世纪最伟大的作品。

第一部具有鲜明民主倾向的现实主义作品。它以生动逼真的描写，饱满激昂的政治热情，赢得了当时所有读者的称颂。斯托夫人由此成为全世界注目的人物，被视为废奴运动的女英雄。她三次应邀访欧，并受到了包括英女王维多利亚、英国作家狄更斯等名流的接见以及普通民众的热烈欢迎。斯托夫人一生勤于创作，她发表的《〈汤姆叔叔的小屋〉题解》引用法律及法院档案等大量材料证明了她的小说所揭露的事实。斯托夫人还写下了《德雷德，阴暗的大沼地的故事》、《我妻子和我》、《奥尔岛上的明珠》、《粉色和白色的暴政》、《老镇上的人们》、《棕榈叶》等一大批优秀作品。

作为一部文学作品，《汤姆叔叔的小屋》的出版被认为是"世界小说中最令人感动的事件"，它对美国社会的发展起到了难以估价的积极作用，特别是对废奴运动和美国内战中以林肯为代表的正义一方的胜利产生了巨大的影响。林肯总统曾说过斯托夫人"写了一本书，酿成了一场大战"，而美国著名诗人亨利·朗费罗则赞誉本书是"文学史上最伟大的胜利"。

《汤姆叔叔的小屋》插图
汤姆叔叔的小主人伊娃正在给他诵读《圣经》，伊娃与汤姆之间存在着一种不被周围人理解的深厚友谊。

英国批判现实主义文学奠基人

CHARLES DICKENS 狄更斯

19 世纪英国著名小说家查尔斯·狄更斯（1812～1870），出生于朴次茅斯的一个海军小职员的家庭。10 岁时父亲因挥霍无度而破产，全家被迫进入负债者监狱，在这里狄更斯体味到了失去自由的滋味。16 岁时狄更斯在律师事务所做誊写员，后又在报社担任记者。狄更斯只上过几年小学，能够成为一代文学大师，全靠艰苦的自学和自身的努力。24 岁时狄更斯与报纸出版商的女儿凯瑟琳结婚，由于性格不合，作家一生的情感都充满了不幸。

狄更斯总共创作了 14 部长篇小说，《大卫·科波菲尔》、《雾都孤儿》等世界名著使他成为 19 世纪英国现实主义文学的重要代表，狄更斯的小说中充满幽默的笔触和细微的心理描写，并因现实主义描写与浪漫主义气氛的完美结合而为人称道。

《大卫·科波菲尔》是狄更斯的代表作之一。在这部带有明显自传色彩的小说里，狄更斯回顾了自己的人生经历，表达出他的人生与社会理想。狄更斯从人道主义思想出发，通过对主人公大卫一生悲欢离合的描绘，再现了当时英国社会的真实面貌，并揭露了金钱的罪恶以及背后所隐藏的真相。大卫·科波菲尔像是作家自己的影子，孤儿时代遭遇种种磨难，成年后艰辛奋斗，小说表现出一个小人物在资本主义社会中寻求出路的痛苦历程。大卫依靠着自身的真诚和积极向上的精神，在经历了人间苦难后终于得到了真正的幸福，这也是作家对人生所怀

狄更斯画像

狄更斯的小说在世界文学史中占有重要地位，并为全世界的读者所喜爱。英国广播公司（BBC）曾评选过一个由观众投票选出的"100 部英国人最喜欢的文学作品"，狄更斯以五部小说成为入选作品最多的作家。

有的美好理想。女主人公安妮斯是狄更斯笔下的理想女性，她拥有美貌与美德，并义无反顾地支持饱受挫折的大卫。安妮斯与大卫的最终结合，使小说洋溢出幸福和希望的气氛。

《雾都孤儿》是狄更斯的第二部长篇小说，其中体现了狄更斯浪漫的现实主义手法，个性化的语言也给读者留下深刻印象。主人公奥立弗是一个在孤儿院长大的孤儿，并没有受到过良好的教育，但却言谈文雅、举止安静。狄更斯在其中想要表现的是自

己的道德理想，而不是单一的逼真描绘。小说中充满着巧合，如奥立弗第一次跟小偷上街，被掏兜的第一个人恰巧就是他亡父的好友，这在现实中几乎是不可能的。但狄更斯相信自己的创作自有道理，**他在具体描写中充满了生活的气息和细节的真实**，使读者在阅读时全情投入，对这种本来是牵强附会的情节也信以为真。这也正是狄更斯小说的艺术魅力。

狄更斯的其他代表作品还包括描写劳资矛盾的《艰难时世》、描写1789年法国大革命的《双城记》，以及《老古玩店》、《董贝父子》、《远大前程》等，几乎做到了部部脍炙人口。

1847年狄更斯为实现自己的社会理想，在伦敦西部的红灯区开设了一家女性收容所，收留妓女和流浪者，希望可以借此改造"堕落的天使"，让他们重获新生。而狄更斯与情妇埃伦·特

电影《艰难时世》剧照
狄更斯在小说中用漫画手法塑造了两个资产阶级代表人物形象，信奉功利主义哲学的议员、商人葛雷梗和只要利润、不顾工人死活的工厂主庞贝。

南长达 20 多年的恋情，连同他的去世，也一直像谜一样困扰着世人。1865 年 6 月，53 岁的狄更斯乘火车返乡，在经过一座大桥时火车出轨，他所在的车厢悬在半空。狄更斯努力使同车的人镇静下来，并爬上桥找到车厢钥匙将人们搭救出来。然而在后来的事故调查中，狄更斯却拒绝出庭作证，甚至拒不承认他当时在现场。原来他的旅伴正是他 25 年来的情妇埃伦·特南和她的母亲，他不想让人们知道他们之间的秘密。在狄更斯生命的最后 10 年，他总是在为特南买下的几处房产间往复奔波，这消耗了作家大量的精力，直到 58 岁，不胜劳累的狄更斯离开了人世。

《匹克威克外传》插图

狄更斯的亲密朋友、后来的传记作者福斯特回忆了他写本书时的情景："他的敏捷、锐利以及实干能力，（他脸上）每个部位的那种渴望、不安静、精力旺盛的样子，看上去那么不像一个文人或写书的作者，却那么像世上的活动家和商人。"

俄国的灵魂

屠格涅夫

TURGENEV

伊凡·谢尔盖耶维奇·屠格涅夫（1818～1883）是19世纪中期俄国最伟大的批判现实主义作家，出生于彼得堡的一个贵族家庭。父亲早逝，母亲性格暴躁，屠格涅夫从小接受了很好的学校教育，先后在莫斯科大学文学系、彼得堡大学哲学系就读，后来留学德国柏林大学，攻读黑格尔哲学以及历史、希腊文和拉丁文，并表现出对文学的浓厚兴趣和极高天分。年轻时的屠格涅夫抱有强烈的民主倾向，坚定地反对农奴制。25岁时屠格涅夫结识了两个对他一生有着极其重要影响的人，一位是俄国文学批评家别林斯基，一位是法国著名女歌星维·阿尔朵。别林斯基对屠格涅夫世界观的形成起到了决定性的作用，他们的友谊一直维系终生；而维·阿尔朵的美貌与聪慧则给他带来了延续一生的欢乐、幸福以及痛苦和绝望。

从1847年起，屠格涅夫为《现代人》杂志撰稿，并在整个50年代与它保持了密切的合作关系，后因其自由派观点与车尔尼雪夫斯基等作家的革命民主主义观点产生严重分歧而被迫离开。

1852年，屠格涅夫的第一部现实主义作品《猎人笔记》问世，其中包括了25篇短篇特写。作家通过一个猎人在狩猎生活中遇到的人与事，描绘了农奴制行将灭亡的俄国社会中地主、农奴、知识分子等形形色色的人的生活与思想状况。作品所表现的反对农奴制的主题触怒了沙皇政府，屠格涅夫遭到逮捕并被流放。

屠格涅夫作为一名具有资产阶级民主主义思想的贵族知识分子，同时也是一位杰出的小说家、戏剧家和诗人，而他的主要文学成就是

屠格涅夫肖像
俄国小说家、诗人、剧作家。其著作一般为主题鲜明并具有承诺性的文学，所描写的优美的爱情故事及犀利的人物心理刻画具有普遍的感染力。

文物小辞典

现实主义文学：现实主义文学是 19 世纪 30 年代兴起于法国的文学思潮。这一流派在创作上侧重如实反映现实生活，客观性较强。提倡客观、冷静地观察现实生活，按照生活的本来样式精确细腻地加以描写，力求真实地再现典型环境中的典型人物。这一文学流派很快成为 19 世纪欧美文学的主流，也造就了近代欧美文学的高峰。由于现实主义文学具有强烈的社会批判性，高尔基称之为"批判现实主义"。

长篇小说。《罗亭》、《贵族之家》、《前夜》、《父与子》、《烟》和《处女地》等经典之作为全世界的读者所称颂，完成于 1861 年的《父与子》是其小说创作的代表作。平民出身的医科大学生巴札罗夫憎恨农奴制，与贵族出身的同学阿尔卡秋毕业后到后者家中小住，因观念不同与阿尔卡秋的伯父挑起论战，最后巴札罗夫获得胜利。随后他与阿尔卡秋来到省城，遇到并爱上美丽端庄的富孀奥津佐娃，但遭到无情拒绝。不久两位青年回到阿尔卡秋家的庄园，阿尔卡秋开始经营父亲的产业，而巴札罗夫则一心一意地从事生物学研究。不久巴札罗夫在为伤寒病死者解剖尸体时割破手指，不幸感染致死。故事也随之戛然而止。

屠格涅夫的小说情节线索简单，人物条理清晰，看起来十分平淡，其实却极为凝练，反映的主题也很深刻。《父与子》肯定了平民知识分子在社会斗争中的积极作用，揭露了贵族阶级的反动空虚。小说反映了农奴制改革前夕民主主义阵营和自由主义阵营之间的尖锐斗争，在平和的

屠格涅夫和朋友们
屠格涅夫与列夫·托尔斯泰和为《现代人》杂志撰稿的作家们在一起。前排左二为屠格涅夫，后排左一为托尔斯泰。

外表下，作品触及了当时时代的本质。

　　一份不平凡的爱情成就了作家一生的传奇。屠格涅夫一生大部分的时间都住在巴黎，只因他爱上了来自法国的早已结婚生子的女歌唱家维·阿尔朵。在长达40年的时间里，屠格涅夫作为维·阿尔朵一家的朋友与他们和谐相处，终身未娶。不想破坏自己家庭的维·阿尔朵对他十分平淡，正像作家自己所说，他"一直生活在那个家庭的外边"，但这并没有阻碍他对爱情的执着。在巴黎的生活使屠格涅夫有机会结交许多著名的作家及艺术家，如福楼拜、左拉、莫泊桑、龚古尔、都德等都与他有很好的交情。屠格涅夫对俄罗斯文学与欧洲文学的交流起到了重要的桥梁作用。1883年9月3日屠格涅夫客死巴黎，临死前他将所有写给心上人的书信都遗赠给维·阿尔朵，然而这些饱含深情的文字却被后者付之一炬，这实在是世界文学和后世读者的一大损失，而屠格涅夫一生追求真爱的理想也至此彻底破灭。按照作家的遗愿，他的遗体被运回祖国，安葬在彼得堡，一个痴情而伟大的灵魂至此安息。

屠格涅夫作品的各种译本
屠格涅夫的作品具有巨大的艺术魅力，不仅在俄国文坛上独领风骚，还使俄国文学进入世界文学之林，被译成各种文字，发行于世界各地，受到越来越多人的喜爱。图为屠格涅夫作品各种译本。

LEAVES OF GRASS

自由之声

草叶集

华尔特·惠特曼（1819～1892）是美国历史上最杰出的诗人和资本主义上升时期民主与自由理想的伟大歌手。惠特曼出生于纽约州长岛海滨小村的一个贫苦家庭。他的那首纪念林肯总统的名诗《啊，船长啊！我的船长》曾入选我国中学语文课本，很多人都是从这首诗开始认识惠特曼的。童年时代的惠特曼在求学的同时兼做零工贴补家用，由于生活穷困，他只读过五年小学，当过教师、邮差、木匠，学过排字，做过编辑。1838年惠特曼接手主编《长岛人》报，致力于传播自由与民主思想，同时开始诗歌创作，并于1855年春自费出版了诗集《草叶集》。

《草叶集》是惠特曼一生唯一的一部诗集，以"草叶"为名，给予最平凡的小草以崇高的尊严，体现了诗人的民主思想。正如惠特曼所言，"接受我的这些草吧，美洲，把它们带到南方和北

惠特曼

为了《草叶集》，惠特曼一生都在战斗，他顶住各方压力，打出鲜明的旗帜，如他的诗歌一样坦率而有力。当时的著名演说家罗伯特·英格奈尔在他墓前曾作过如下评价："他活过了，他死了，而死已不如从前那样可怕了……他所讲述的那些勇敢的话还会像号角那样为垂死者响亮地吹奏。"

《草叶集》的艺术形式

《草叶集》在艺术形式上对诗歌创作有革命性贡献，惠特曼大胆打破了传统诗歌的格律，创造了一种全新的诗体，后人称其为自由体诗。这种诗体采用拖长的、流畅的诗行体现贯穿全诗的自由主题。

此外，惠特曼还把俚语土话引进诗歌这种被视为高雅文化的文学样式中，为大众争取到艺术创作的权利。

方去，使它们到处受欢迎，因为它们是你自己生育的东西。"最早出版时的《草叶集》只有一篇序言和12首诗，惠特曼自印了1000册，但没有卖出一本，而是全部送人。令人意想不到的是，读到诗集的人几乎异口同声地对它大加批判。伦敦的《评论报》评价说"作者的诗作违背了传统诗歌的艺术，惠特曼不懂艺术，就像畜生不懂数学一样"；而波士顿的《通讯员》杂志更绝，认为"除了给他一顿鞭子，我们想不出更好的办法"。

美国作家爱默生被认为是第一个真正读懂《草叶集》的人。爱默生在写给诗人的信中说道，"**它是美利坚至今所能创造出的最伟大、最了不起的文学作品……我为您的自由和勇敢而骄傲，我为它的出现感到非常的高兴。**"

美国南北战争中，惠特曼在华盛顿伤兵医院作志愿服务人员，是废奴运动的坚定支持者，终其一生为美国社会的进步和人民的民主自由而战斗，体现了《草叶集》中所张扬的激进的民主精神。《草叶集》历经8次修订，慢慢为人们所接受，直至完全被它自由而真实的人性赞歌所折服。1892年惠特曼去世前，诗集已经出到第九版，里面所收录的诗作也由12首扩大到将近400首，被人们公认为诗歌史上的经典之作。

啊，船长，我的船长

啊，船长，我的船长哟！
起来倾听这钟声，
起来吧，
旌旗为你招展，
号角为你长鸣！
为你，人们献上无数的花束和花环，
为你，人群挤满了海岸，
为你，这波浪般的人群在呼唤，
多少张殷切的脸在转动。
在这里，船长，亲爱的父亲哟！
让你的头枕着我的手臂吧！
在甲板上，这似乎是梦幻一般，
你已经浑身冰凉，合上了双眼。

我的船长没有回答，
他苍白的嘴唇永远不动了。
我的父亲感觉不到我的手臂。
他的脉搏停止，知觉消失了。
我们的航程已安然抛锚，
它的航程已经终了。
这胜利的船，
征服了惊涛骇浪，凯旋归来。
啊，欢呼吧，海岸，
鸣响吧，钟声！
然而，我却以悲痛的步履，
徘徊在甲板上，那里躺着我的船长，
他已浑身冰凉，合上了双眼。

批判现实的
托尔斯泰主义

　　列夫·托尔斯泰(1828～1910)是19世纪俄国最伟大的作家，出生在图拉省一个古老而有名望的贵族家庭。父母在他很小时便先后去世。青少年时代的托尔斯泰受到了严格的贵族式教育。1840年托尔斯泰进入喀山大学东方语文系学习，在那里接受了卢梭和孟德斯鸠的启蒙思想。因不满沙皇尼古拉一世的黑暗统治，托尔斯泰于1847年退学回到故乡，在自己的庄园里进行农奴制改革，但最终以失败告终。1851年托尔斯泰到高加索军队中服役，表现英勇，参加过克里米亚战争。从军期间开始小说创作，不久发表自传体中篇小说《童年·少年·青年》。

　　1869年托尔斯泰完成了长篇历史小说《战争与和平》，这是他创作历程中的第一个里程碑。他为写作《战争与和平》所读过的历史档案、书籍、文件和信件等足可以构成"整整的一个图书馆"，可见作家所付出的心血。在这样一部蕴涵着大量信息的巨著中，作家提出了自己的观点——人民才是推动历史前进的伟大力量。

　　《安娜·卡列尼娜》是他的另一部代表作品。这部小说的最初构想是写成一个上流社会已婚妇女堕落失足的故事，但随着写作的深入，原来的构想被不断修改，小说的重心也发生了重大转移。安娜从最初卖弄风情、品行不端的"失足者"变成品格高雅、敢于追求真爱与幸福的女人，从而成为世界文学史中最具反抗精神的女性形象。全书由两条主要的平行线索和一条具有连接作用的次要线索组成，通过安娜追求自由爱情这一线索，小说展示了封建制的瓦解和道德的沦丧；通过列文与吉提的爱情及探索农村改革出路的线索，描绘了资本主义入侵农村后地主经济所面临的危机；而多丽与奥勃朗斯基这一次要线索则将两大主线巧妙地连

列夫·托尔斯泰肖像

小说家、道德哲学家和社会改革家，也是俄国最受人们喜爱的小说家之一。其作品由于卓越的真实性和写实主义，以及对人物深刻的心理分析而赢得评论家的赞誉。

湖边的托尔斯泰 俄 列宾

《战争与和平》电影海报

《战争与和平》自问世以来，一直被认为是"世界上最伟大的小说"。小说以史诗般广阔和雄浑的气势描绘了近千个人物、无数的场景、国家和私人生活的一切可能的领域。

接在一起，从而完整地描绘了俄国社会的广阔图景，近150个人物的出场使本书成为一部百科全书式的巨著。

19世纪70年代末80年代初，托尔斯泰完成了世界观的转变。正如他自己所说，"我奔绝了我的那个阶级的生活"，"从内心改变了我的整个的人生观"。然而列宁指出，托尔斯泰转变后的思想仍存在着矛盾：一方面对贵族资产阶级的虚伪、暴虐进行了深刻的揭露，另一方面却又宣传"道德上的自我修养"，"不以暴动抗恶"，基督教的宽恕和博爱等托尔斯泰主义说教。"托尔斯泰主义"的说法由此传开。

托尔斯泰晚年创作的长篇小说《复活》是作家在思想和艺术上的全面总结，被视为批判整个19世纪俄国社会最为深刻有力的作品，而对托尔斯泰主义的宣传也变得异常集中，小说由此被读者病诉为说教味太浓。《复活》不仅写出了农民的贫困，而且还指出了土地私有是造成农民贫困的根本原因，这触及到了问题的实质所在。列宁对此赞誉道，"他在自己晚期的作品里，对现代一切国家制度和社会制度作了激烈的批判，撕下了一切假的面具"，达到了"最清醒的现实主义"。

"托尔斯泰主义"的说教并不只是说给别人听的，作家本人同样身体力行。为了了解农民的疾苦，托尔斯泰长期坚持像农民一样生活，他在19世纪80年代写给妻子的信中经常介绍他的生活："昨天我去耕地，六点钟才回来"，"从一点到七点耕地，很累"，"我希望大家都能够这样"。托尔斯泰认为自己和家人都属于不劳而获的人，因此要改变这种现状。在妻子无法接受他的要求后作家说道："我要与你分开，我不能再这样生活下去，我不能继续拥有房产和庄园，我现在生活的每一步对我都是难以忍受的折磨"。最后他表明了自己的态度："要么是我走，要么是我们改变生活方式，把财产分掉，像农民一样过自食其力的生活。"托尔斯泰说到做到了。

1910 年 10 月 28 日，经过长期激烈的思想斗争，没有惊动任何人，82 岁的托尔斯泰离家出走，十几天后不幸病逝于被迫停靠的一个很小的火车站。弥留之际，列夫·托尔斯泰用微弱的声音说出的最后一句话是："我爱真理……非常地……爱真理。"这恰好是作家一生笔耕不辍、追求信仰的真实写照。

正在耕地的托尔斯泰 俄 列宾

托尔斯泰以自己行动实践着"像农民一样过自食其力的生活"的诺言。

世界戏剧精品

A DOLL'S HOUSE

玩偶之家

亨利克·易卜生

易卜生是近代欧洲的戏剧大师，他的"社会问题剧"以其丰富的社会内容和高度的艺术技巧震动了西方舞台，引起了一场戏剧上的革命。此后，欧美戏剧在他的影响下呈现出繁荣的局面。

欧洲近代现实主义戏剧创作最优秀的作家亨利克·易卜生（1828～1906）出生于挪威南部海滨小城希恩的一个木材商家庭，8岁时家中破产，生活由此变得十分艰辛。16岁时易卜生不得不外出谋生，在药店做学徒。做工之余易卜生发奋求学，并在1848年欧洲大革命的影响下开始了文学创作。1850年易卜生来到首都奥斯陆，开始了他的戏剧创作生涯，他曾先后担任过剧院的编剧、艺术指导等工作，为挪威民族戏剧的发展做出了显著的贡献。易卜生一生共完成了26部剧作，其中尤以被称为"社会问题剧"的《社会支柱》、《玩偶之家》、《人民公敌》、《群鬼》等最为著名。晚年的易卜生在创作上更加注重表现人物的内心世界，其中以《海上夫人》、《野鸭》为代表。

《玩偶之家》是易卜生的代表作。主人公娜拉是一个有着三个孩子的年轻母亲，她在沉重的家务负担中并没有感到痛苦，相反因有一个满意的丈夫和美满的家庭而感到无比幸福。娜拉的老同学林丹太太生活不幸，为了一家人的生存抛弃自己的心上人，转而嫁给了林丹先生，三年前林丹的丈夫去世，没有留下任何东西。她想求娜拉帮忙在其丈夫海尔茂的银行里谋职。热心的娜拉答应了她的请求，并向她讲述了自己的一件"又高兴又得意"的事情：海尔茂曾得过一场重病，只有去气候宜人的国外疗养才能好转。当时他们的生活十分拮据，海尔茂是一个自尊心很强的人，不愿借钱负债。娜拉想去求父亲，然而父亲当时也重病在身，实在无法开口借钱。娜拉只好去找海尔茂的老同学柯洛克斯泰。柯洛克斯泰答应借钱给娜

拉，但在借据上必须有她父亲的签名作为担保。娜拉假造父亲的签名借到了钱，陪丈夫去了意大利。一年后海尔茂完全康复，但借债的事娜拉却一直瞒着丈夫。为了还债她节衣缩食，偷偷做抄写工，还要在丈夫面前装作若无其事。海尔茂正打算辞退柯洛克斯泰，空出的位子刚好可以留给林丹太太。柯洛克斯泰得知消息，找到娜拉要她说服海尔茂改变初衷，否则就把她假造父亲签名的事情说出去。柯洛克斯泰最终被辞退，并把娜拉的事写信告诉了海尔茂。

林丹太太去找柯洛克斯泰，令人惊讶的是柯洛克斯泰正是她爱过的那个男人！两个昔日情人的爱情

1894年在巴黎公演的易卜生第一部戏剧《布兰德》的节目单

布兰德描写了一个牧师为了理想而牺牲自己的悲剧。

之火被重新点燃。在林丹太太的劝说下，柯洛克斯泰对自己的行为感到后悔。气急败坏的海尔茂凶相毕露，辱骂娜拉是下贱女人，并说她断送了自己的幸福和前程。海尔茂要撵走娜拉，连孩子也不准她抚养。这时柯洛克斯泰送来了表示和解的信，他在信中对娜拉表示了歉意，并把借据还了回来。海尔茂欣喜若狂，态度顿时变得温和起来，仿佛刚才的事情根本没有发生过。然而经过这场意外的风波，娜拉才真正从梦中醒来。眼前所发生的一切让她明白了自己在丈夫心中的地位，她不过是一个供人玩乐的玩偶！娜拉义无反顾地离开了这个家庭，关门时"砰"的一声，不仅震响了欧洲的戏剧舞台和无数虚伪的"玩偶之家"，也成为后来风起云涌的妇女解放运动的先声。

延伸阅读

《群鬼》：《玩偶之家》出版后，遭到了资产阶级评论界的非难，他们认为易卜生鼓励妇女离家寻求解放是荒谬的。于是易卜生创作了《群鬼》来回应非难。主人公阿尔文夫人是一个由传统道德培养出来的女子，听从家人的意见嫁给了一个沉湎酒色的荒唐鬼。阿尔文夫人虽然有过离婚的念头，但最终没有反抗的勇气，忍受着种种屈辱与不幸，可这种"忍受"并没有让她解脱，而是失去了唯一的儿子，孤苦一生。易卜生想通过阿尔文夫人的遭遇告诉人们，妇女不寻求解放，一生都是悲剧。

美国小说的开拓者
马克·吐温
MARK TWAIN

马克·吐温像及签名
晚年的马克·吐温作品虽然
揭露力量更为强烈，但由于
本人看不到人民的力量和人
类光明的前途，在对资本主
义现实极度失望的情况下，
出现了悲观情绪，在杂文
《什么是人？》(1906)和
小说《神秘的陌生人》中，
都流露出这种情绪。

马克·吐温（1835～1910）是 19 世纪后半期
美国批判现实主义文学的奠基人，世界著名的短篇小
说大师。原名塞缪尔·朗荷恩·克莱门斯，8 岁时随
家人搬到美国密苏里州的河边小镇汉尼拔，在那里度
过了他一生中最美好的少年时光。他的代表作《汤姆
·索亚历险记》和《哈克贝利·费恩历险记》都是取
材于当时当地的生活。父亲的早逝，使马克·吐温很
早就开始了独立生活，他做过印刷学徒、送报人、排
字工、南军士兵和密西西比河上的水手、领港员，还
曾经营过金矿业、木材业和出版业，但真正让他成功
的则是记者生涯和文学创作。**他的笔名是在当领
港员时取的，"马克·吐温"在英语中意
为"水深 12 英尺"，表示可以安全通过。**

马克·吐温的作品以幽默、讽刺而闻名。1865 年
作家以加州金矿流传的故事为素材写成了《加利维拉
县有名的跳蛙》，作品所表现出的政治讽刺意味——
其中的小斗狗和跳蛙分别与当年美国两大党主席同
名——使他一举成名。马克·吐温早期创作的短篇小说如《竞选州
长》、《百万英镑》等，以幽默诙谐的笔触讽刺了美国民主制度的
荒谬本质，为全世界的读者所喜爱。1870 年马克·吐温与纽约州一
个富有的资本家女儿奥莉维娅·兰登结婚，婚后不久迁居康涅迪格
州哈特福德。马克·吐温七八十年代的重要作品大都在此写成，其
中包括长篇小说《镀金时代》（与他人合写）、《汤姆·索亚历险记》、《哈
克贝里·费恩历险记》及《傻瓜威尔逊》等，用深沉辛辣的笔调揭
露了美国社会的各种黑暗现实。19 世纪末美国进入帝国主义阶段，

马克·吐温作品简表

小说

《竞选州长》	（1870 年）
《镀金时代》	（1873 年）
《汤姆·索亚历险记》	（1876 年）
《王子与贫儿》	（1881 年）
《哈克贝利·费恩历险记》	（1884 年）
《在亚瑟王朝廷里的康涅狄克州美国人》	（1889 年）
《傻瓜威尔逊》	（1894 年）
《败坏了哈德莱堡的人》	（1889 年）

马克·吐温也遭遇了一系列的打击——生意失败、丧失亲人，这一时期他所创作的《赤道环行记》、《败坏了哈德莱堡的人》和《神秘的陌生人》等作品批判价值逐渐减弱，而绝望神秘的气氛日益浓厚。晚年的马克·吐温文名炽盛，1907年被牛津大学授予名誉文学博士学位，登上了荣誉的颠峰。

马克·吐温是一位富有创造精神和童真的伟大作家，他创造的汤姆·索亚和哈克贝利·费恩两个可爱的儿童形象一直为人们所热爱。马克·吐温用他令人吃惊的幽默、讽刺才华以及对儿童心理世界的深入了解，使这两个"顽童"形象百余年来饮誉世界文坛。马克·吐温自己很喜欢《汤姆·索亚历险记》这部小说，说"书中所写的全是我个人的经历，我那时就是个淘气包，给妈妈平添了不少麻烦"。发表于1876年的《汤姆·索亚历险记》同时也是马克·吐温第一部独立完成的长篇小说，内容中蕴含着作家对童年生活的深刻怀念。小主人公汤姆·索亚天性顽皮，但心地善良，愿意帮助别人。小说看起来像是一部纯粹的儿童冒险故事，但透过儿童的眼光却会让成年人看到当时美国社会教育和宗教的虚伪，作家不惜笔墨在书中对此作了痛快淋漓的嘲讽。

美国著名作家海明威曾说："美国的现代文学都源自一本书，它的名字就是《哈克贝利·费恩历险记》。"《哈克贝里·费恩历险记》通过白人小孩哈克跟逃亡黑奴吉姆结伴在密西西比河流

英文版《汤姆·索亚历险记》封面

浪的故事，谴责了奴隶制的罪恶，宣扬了不分种族地位、人人享有自由的进步思想，被视为美国文学史上具有划时代意义的现实主义巨著。

　　马克·吐温是一位划时代的作家，他结束了新英格兰作家对美国文坛的统治，使美国文学真正拥有了属于自己的定位和坐标。对美国风格的强烈追求也使马克·吐温超越了同时代的所有作家，并对后来的海明威、福克纳等美国文坛的重要人物产生了极其深刻的影响，**人们称誉他为"美国文学中的林肯"。**

英文版《王子与贫儿》1948年版插图
《王子与贫儿》一书自1880年第一版
以来深受成人与儿童的喜爱，儿童只注
重对故事情节的欣赏，成年人则在离奇
的情节之外感触到更深层的含义并因此
而喜爱这本书。

堕落的悲剧
包法利夫人
MAADAME BOVARY

法国著名批判现实主义作家居斯塔夫·福楼拜（1821～1880）出生于卢昂的一个行医世家，童年时代可以说是在父亲的医院里度过的，这也刚好解释了他后来的文学创作为何带有明显的医生般的细致观察与解剖痕迹。青年时福楼拜在巴黎攻读法律，后因病辍学。1845年父亲去世，他迁到卢昂近郊的克罗瓦塞别墅居住，靠着丰厚的遗产生活，专心于文学创作直至去世。福楼拜终生未娶，曾指导过晚辈作家莫泊桑。福楼拜一生热爱旅游，埃及、土耳其以及欧洲诸国都曾留下了他的足迹，他到各处考察、采风，为自己的文学创作奠定了很好的生活基础。福楼拜生前只发表了四部长篇小说，分别是《包法利夫人》、《萨朗波》、《情感教育》和《圣安东尼的诱惑》。每部小说都至少花了福楼拜五年以上的时间，可见作家对待创作的认真态度。

1856年福楼拜在杂志上连载了自己的第一部长篇小说《包法利夫人》，引起了当时法国社会的极大轰动。小说刚一发表，即被当局以"有伤风化"为名而提起诉讼，经过一番论战，全书终于在1857年出版。福楼拜一战成名，成为举世公认的小说家。这部小说不仅是福楼拜最优秀的代表作，也是世界批判现实主义文学最重要的作品之一。

小镇医生查尔斯·包法利爱上了一个农庄主的女儿爱玛，这是一个美丽而不安定的姑娘，对未来充满了无法抑制的渴望。两人结婚后，爱玛对平淡的感情和婚姻生活十分不满。她结识了年轻的律师助理莱翁·迪普伊，两人关系渐渐密切，然而不久莱翁对这种没有结果的爱情感到厌倦，返回巴黎上学，这让爱玛十分伤心。情场老手鲁道夫看出了爱玛的心思，很快便勾引上这个轻浮的女人。爱玛起初尚对丈夫怀有一丝愧疚，但随后便沉溺在自己所谓的浪漫爱情之中。鲁道夫玩弄过爱玛后热

福楼拜像

福楼拜出生于一个医生世家，这对他的写作有巨大的影响，看惯了手术刀的他不相信宗教，崇拜真实——这在他的小说中有充分的反映。

关于《包法利夫人》的绘画
包法利夫人因为债台高筑最终选择了服毒自尽，临终前，他的丈夫夏尔·包法利陷在床前。

情骤降，然而陷在情感当中的爱玛却无法自拔，她不顾女人的贞操和尊严，在装扮、衣着上挥金如土以讨好鲁道夫，使包法利债台高筑。就在两人准备私奔的前夕，爱玛收到了鲁道夫伪善而冷酷的诀别信。醒悟过来的爱玛悲痛异常，想要纵身跳楼自杀，被包法利叫住。在卢昂爱玛遇到了莱翁，此时的莱翁再也不想压抑自己想要占有爱玛的欲望，愚蠢的爱玛再次完全顺从了他的要求，为了取悦莱翁，也为了维持自己奢华的生活，爱玛毫无节制地挥霍丈夫的财产，甚至借了高利贷。爱玛无力偿还债务，只好求助于鲁道夫，结果被无情拒绝。走投无路的爱玛吞下砒霜自杀。包法利发现了莱翁和鲁道夫写给爱玛的情信，痛苦已极，加之巨额债务的催逼，不久病死，只留给女儿12法郎作为养育费。

福楼拜写作《包法利夫人》共花去了近5年时间，期间每天工作12个小时，正反两面的稿纸写了1800多页，而最后定稿的只有500页，可见作家对文字锤炼的重视。而福楼拜所推崇的也正是文学创作的真实，为了一句话、一个字可以达到废寝忘食的程度，在他看来，"在所有的表现中间，所有的形体中间，所有的样式中间，只有一个表现、一个样式和一个形体能够表现准确无误的意思"。有一次福楼拜的朋友去看他，发现福楼拜正伏在桌前痛哭，朋友问他原因，福楼拜悲痛地说，"包法利夫人死了！"当朋友明白他在为自己小说中的女主人公之死而伤心时，劝他将爱玛写活，福楼拜却冷静地说。"是生活的逻辑让她非死不可"由此也可以看出福楼拜对现实主义创作的忠诚。

CRIME AND PUNISHMENT

反思与宣泄

罪与罚

陀思妥耶夫斯基（1821～1881）出生于莫斯科的一个小贵族家庭，父亲是一所贫民医院的医生。父母都是虔诚的基督徒，家境十分清贫，这使陀思妥耶夫斯基从小就对底层人民和宗教有深厚感情。1842年陀思妥耶夫斯基从彼得堡军事工程学校毕业后不久，便做起了职业作家。1847年春他加入彼德拉舍夫斯基领导的反对农奴制的秘密进步组织，并接触了傅立叶的空想社会主义学说。1849年陀思妥耶夫斯基被沙皇政府逮捕，不久包括他在内的进步组织的21人被判处死刑。在阴森恐怖的绞刑架下，行刑人念起了近45分钟的第二判决，他们被改判流放西伯利亚。面对社会舆论的重压，沙皇此前已经改判了死刑，却阴毒地用这种方式来摧残这些进步人士。陀思妥耶夫斯基的心灵受到了常人所无法想象的巨大刺激和折磨。加之随后四年的监狱苦役和五年的极地兵役，让陀思妥耶夫斯基的身心健康完全被摧毁，并患上了严重的癫痫病。

然而也正是在这样常人所难以遇到和承受的人生经历中，陀思妥耶夫斯基完成了别人所无法完成的心灵砥砺和文学创作。《穷人》、《被侮辱与被损害的》、《死屋手记》、《罪与罚》、《白痴》、《群魔》、《卡拉马佐夫兄弟》等一部部重量级的长篇巨著一同构筑了俄国文学史上最壮观的风景。

1846年陀思妥耶夫斯基发表处女作长篇小说《穷人》，他继承前辈作家普希金、果戈理描写"小人物"的优良传统，对小人物的悲惨遭遇表现出深切的同情。《穷人》的发表使25岁的陀思妥耶夫斯基一举成名，人们无法相信这个将俄国历史和现实描绘得如此精透的作者如此年轻，而且有这么深刻的人生阅历和生命体验。主人公玛卡尔是一个上了年纪

陀思妥耶夫斯基肖像画
在陀思妥耶夫斯基深邃的眼神后面，隐藏着文学作品中最强悍的人物形象。

复调式小说：陀思妥耶夫斯基在创作上，对现实做精细的描绘，同时也把注意力放在人的主观感觉上，不仅深入到人的内心深处，甚至进入了深层意识的层次，这种创作风格的小说被评论界称为"复调结构"的小说样式。

的穷公务员，常受到人们的嘲弄。在生活极度窘迫的情况下，他从老鸨手中将少女瓦尔瓦拉赎救出来。尽管他在内心中深爱着这个姑娘，但他只能像父亲一样去关爱她。然而瓦尔瓦拉最终还是被当初曾玷污过她的男人带走，掉入另一个深渊。玛卡尔只能无奈地面对他无力改变的悲惨现实。小说深入探讨和揭示了挣扎在社会底层的人们生活的艰难与无助。

长篇小说《罪与罚》可以说是陀思妥耶夫斯基文学创作的巅峰之作，并为作家带来了世界性的声誉。小说通过 19 世纪 60 年代圣彼得堡拉斯科尔尼科

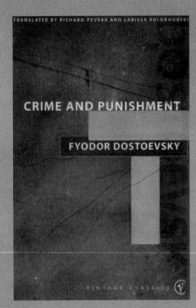

《罪与罚》英文版封面

俄文版《罪与罚》插图

夫和马尔梅拉多夫两家穷苦人与卑鄙无耻的地主斯维德里盖洛夫、自私鄙俗的市侩律师卢仁之间的复杂关系，深刻揭露了俄国社会的极度不公平和小市民的悲惨遭遇。主人公拉斯科尔尼科夫在残酷的现实面前决心改造社会，他认定必须用"超人"的意志建立新的秩序。为了证明自己就是这样的"超人"，他杀死了一个放高利贷的老婆子，却陷入极度的恐惧与痛苦之中。最后他受尽内心

的折磨，在笃信上帝的索尼娅的规劝下投案自首，从而获得了精神上的重生。

陀思妥耶夫斯基以极其高超的艺术手法刻画了主人公的内心世界和精神痛苦，并表明了极端个人主义反人道的实质，但他试图以主人公"超人"哲学的破灭来证明用暴力消除邪恶的不可行，却带有对革命的误解和过强的宗教说教色彩。

1880年完成的长篇小说《卡拉马佐夫兄弟》是陀思妥耶夫斯基的最后一部作品，也是作家人生与哲学思考的全面总结。小说描写了卡拉马佐夫家族的堕落和崩溃，错综复杂的社会、家庭、道德和人性的悲剧主题，体现了作家一生的最高艺术成就。

陀思妥耶夫斯基的文学创作极富特点，他擅长心理分析，特别是通过对人的病态心理、犯罪心理和人的意识来塑造人物。他对人类肉体与精神痛苦的强力描写是其他作家所无法企及的，他运用直觉、暗示、梦境、象征等手段扩

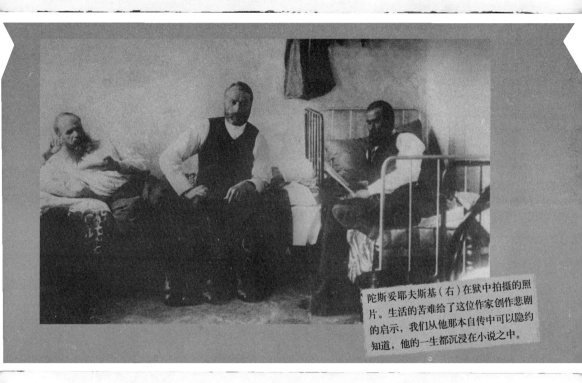

陀斯妥耶夫斯基（右）在狱中拍摄的照片。生活的苦难给了这位作家创作悲剧的启示，我们从他那本自传中可以隐约知道，他的一生都沉浸在小说之中。

展了作品深刻的思想内涵。高尔基曾在批判他的哲学观点的同时，声称他是"最伟大的天才"，并认为**"就表现力而言，可能只有莎士比亚能与其媲美"**。陀思妥耶夫斯基文学创作的开创性成就被世界所公认，并被俄国和欧洲的现代派作家奉为鼻祖。

唯美主义的代表

奥斯卡·王尔德

奥斯卡·王尔德
作为剧作家、诗人、散文家，王尔德是19世纪与萧伯纳齐名的英国才子。他的剧作、诗作和小说留给后人多个惯用语。

奥斯卡·王尔德（1854～1900）出生于爱尔兰首都都柏林，他的父亲是当时著名的外科医生威廉·王尔德，曾被册封为爵士；母亲则是一位深受读者喜爱的民主主义诗人，或说是半职业作家，笔名斯潘兰扎。母亲原本希望王尔德是一个女孩儿，这样她就能按着自己的理想去培养心目中的才女。失望之余她像打扮女孩儿一样打扮王尔德，也许正是这样的举动导致了日后王尔德的同性恋倾向。童年的王尔德显现出超强的唯美主义倾向，"与大部分男孩儿爱玩刀枪之类的玩具不同，他对花朵和夕阳情有独钟"，他最大的兴趣是诗歌和古典文学，尤其酷爱希腊文学。王尔德曾先后就读于三一学院和牛津大学，在那里他遇到了许多历史与艺术领域的著名学者和教授，包括罗斯金、佩特这样的大师，他们带给了王尔德唯美主义的萌芽。

另类的王尔德喜欢穿着奇装异服，发表一些奇谈怪论，很难想象这样一个唯美主义者或"享乐主义者"同时是一个刻苦用功的学生。王尔德自认是一个天才，几年后他出访美国，当海关人员问他有什么需要申报时，王尔德说道："什么都没有，除了我的天才。"

让人感到意外的是，真正让王尔德形成自己独特创作风格的却是童话。正是王尔德早期的两部童话集——《快乐王子集》和《石榴之家》让人们开始将他视为有影响力的作家，这两部作品也当之无愧地成为儿童文学的经典之作，载入英国乃至世界儿童文学的史册。

王尔德的创作由此一发不可收拾，主要作品除了两部童话集外，还有故事集《萨维尔勋爵的罪行与其他故事》、小说《道林·格雷的画像》和评论集《意图》。创作于1891年的《意图》奠定了王尔德文艺批评家的声誉。《道林·格雷的画像》是作家唯一一部长篇小说，在1890年刚刚出版时受到了英国文学界众口一词的谴责，他们声称这是"一本有毒的书，充满了道德与精神沦丧的臭气"。小说中的主人公道林·格雷是一个幻想可以永葆青春的美男子，这正是王尔德自己的化身。小说描绘了拥有双重人格、自我分裂的人物形象，其中的一些观点和做法在今天看来依然惊世骇俗。然而这些铺天盖地的批评以及王尔德的有力反驳反而使作家名声大振。

王尔德的戏剧创作为他带来了世界性的声誉，代表作品有《莎乐美》、《温德摩尔夫人的扇子》、《无足轻重的女人》、《理想丈夫》、《认真的重要性》等，其中创作于1892年的《温德摩尔夫人的扇子》受到当时新潮派观众的欢迎，而同期写出的《莎乐美》却因涉

王尔德的戏剧令所有伦敦人痴迷，人们挤满了伦敦的剧院以观看他的《无足轻重的女人》、《温德摩尔夫人的扇子》及《不可儿戏》。下图即为《不可儿戏》的剧照，这部戏是王尔德的高度机智喜剧，于1895年2月14日在伦敦首演，有批评家认为它是现代最伟大的喜剧。

指圣经体裁而无法上演。王尔德的戏剧中经常出现的一类人物形象便是"花花公子",他们拥有优雅的外表和举止,超凡脱俗的思想和言谈,然而却沉迷于颓废和享乐,这也正是王尔德本人的心灵体验和行为方式,萧伯纳就曾声称《理想丈夫》中的三个最佳的讽刺语将永远是王尔德与少数人之间的秘密。

正当王尔德的文学事业蒸蒸日上之时,他的同性恋人艾尔弗瑞·道格拉斯的父亲无法容忍王尔德与自己的儿子在一起,公然谩骂王尔德是"装腔作势的鸡奸客",作家一怒之下以诽谤之名将他告上法庭,然而结果却是王尔德被判入狱两年,期间作家的身心都受到了极大的伤害。1897年王尔德出狱后生活愈发窘迫,连房租都交不起。1900年久病缠身的王尔德在巴黎的一家小旅馆里与世长辞。

"上帝几乎将所有的东西都赐予了我。我的天才、名声、地位、才气,并富于挑战性。**我让艺术成为一种哲学,让哲学成为一种艺术。**我改变了人们的心灵与事物的色彩,我的一言一行无不让人费尽思量。"

文势小辞典

唯美主义运动:(Aestheticism)兴起于19世纪后期的欧洲,认为艺术只为本身之美而存在。此运动是为了反对当时功利主义的社会哲学以及工业时代的丑恶和市侩作风而开始的。唯美主义的哲学基础源于德国哲学家康德的"无目的之合目的性"的美感学说,也即审美的标准应不受道德、功利和快乐观念的影响。德国的歌德和席勒、英国的柯勒律治和T.卡莱尔、美国的爱伦·坡和爱默生发挥了这一观点,而法国的斯塔尔夫人和T.戈蒂埃以及哲学家V·库辛则普及了这个运动。库辛还在1818年创造了"为艺术而艺术"这句成语,而戈蒂埃为他自己的《莫班夫人》所写的序言是提出得较早的唯美主义理论。在英格兰,拉斐尔前派的艺术家们从1848年开始撒下了唯美主义的种子。其中,D.G.罗塞蒂、E.伯恩-琼斯、A.C.斯温伯恩的作品通过有意识的中世纪风格表现了对于理想美的热望,是唯美主义的代表作。王尔德和W.佩特的著作以及A.比亚兹莱的绘画也表现了对唯美主义运动的态度。王尔德的独幕剧《莎乐美》、中篇小说《道林·格雷的画像》是19世纪末唯美主义的代表作。画家J.M.惠斯勒将这一运动培养优美的感受性的理想发展到极致。唯美主义运动注重艺术的形式美,它与法国象征主义运动关系密切,促进了工艺美术运动,并且通过对20世纪艺术决定性的影响,倡导了新艺术派。

讴歌英雄的
ROMAN ROLAND
罗曼·罗兰

　　罗曼·罗兰（1866～1944）出生于法国小城克拉美西的一个公证人家庭，爱好音乐的母亲使他很小就从家庭中获得了良好的音乐教育。15 岁时罗曼·罗兰随父母迁居巴黎，1889 年毕业于法国巴黎高等师范学校，其后又考入法国考古学校攻读硕士，其学位论文《现代歌剧之起源》获得了法兰西学士院的褒奖。

　　19 世纪末期罗曼·罗兰开始了自己的文学创作。《理智的胜利》、《丹东》、《七月十四日》、《哀尔帝》、《群狼》等历史剧是这一时期的代表作。其中《七月十四日》描写了法国人民在攻克巴士底狱的斗争中所表现出的革命激情和英雄主义；而在《哀尔帝》中作家又描写了"英雄人物"拯救国家、扭转时局的重要作用，借此颂扬了个人英雄主义。20 世纪初罗曼·罗兰的英雄主义情结进一步发展，他先后完成了后世广为传诵的传记作品《贝多芬传》、《米开朗琪罗传》、《托尔斯泰传》等，将改变现实的希望寄托于英雄身上，并希望通过这些伟人的事迹锻造出真正的社会英雄。

　　创作于 1904 年至 1912 年的长篇小说《约翰·克利斯朵夫》是罗曼·罗兰最重要的代表作，被称为"长河小说"。小说于 1913 年获得法兰西学士院文学奖，并使作家荣获 1915 年诺贝尔文学奖，由此罗曼·罗兰也成为法国文学史上最重要的作家之一。一战爆发，罗曼·罗兰写下了大量反战文章，辑成《超乎混战之上》

罗曼·罗兰像

"罗曼·罗兰从父亲那里得到的是法国大革命以来的斗士的精神和信仰，而母亲带给他的是来自波尔罗亚尔女隐修院的探索精神，艺术感受力——音乐性的神秘的敏感；二者相互对立而又相互补充。"以上是奥地利作家茨威格在《罗曼·罗兰》中写到的。

浩荡的绿波继续奔流，好像一整片的思想，没有波浪，没有皱痕，只闪出绿油油的光彩。克利斯朵夫简直看不见那片水了；他闭上眼睛想听个清楚。连续不断的澎湃的水声包围着他，使他头晕眼花。他受着这永久的梦境吸引。波涛汹涌，急促的节奏又轻快又热烈的往前冲刺。而多少音乐又跟着那些节奏冒上来，像葡萄藤沿着树干扶摇直上：其中有清脆的琵琶，有凄凉哀怨的提琴，也有缠绵婉转的长笛……

……音乐在那里回旋打转，舞曲的美妙的节奏疯狂似的来回摆动；一切都卷入它们所向无敌的旋涡中去了……自由的心灵神游太空，有如空气陶醉的飞燕，尖声呼叫着翱翔天际……欢乐啊！欢乐啊！什么都没有了！……哦，那才是无穷的幸福！

《约翰·克利斯朵夫》

一书，引起很大反响。战争结束后，法西斯主义在欧洲大陆滋生，作家的思想也发生了很大的转变。1931年罗曼·罗兰发表《向过去告别》一文，表明了由个人英雄主义向集体主义的转变，从此他积极投身于反法西斯运动，曾担任过国际反法西斯委员会的主席。罗曼·罗兰还创作了长篇小说《母与子》，以及音乐论著《贝多芬的伟大创作时期》，展现了作家深厚的音乐才华。但罗曼·罗兰最重要的作品还是《约翰·克利斯朵夫》。

小说的主人公约翰·克利斯朵夫出生在德国莱茵河畔一座小城的音乐世家中，祖父曾是皇家乐队的指挥。拥有音乐家头衔的父亲酗酒颓废，致使家境败落。克利斯朵夫与生俱来的音乐才华被祖父发掘，从此与音乐结缘。克利斯朵夫6岁时家人为他举办了一场音乐会，使他一举成为轰动全城的音乐神童。13岁时他在宫廷管弦乐队里当上了一名正式的第二小提琴手，成为家庭经济的主要来源。上流社会的阴暗和虚伪让克利斯朵夫极为反感，他蔑视权贵，受到他人排挤，以至生计也成了问题。克利斯朵夫卷入一场风波，他为了保护一个女子而将人致死，不得不逃往巴黎。原以为经过大革命洗礼的巴黎会是一个自由与民主的乐土，然而到巴黎后克利斯朵夫却发现法国与德国一样腐败，他的幻想破灭了。

在法国克利斯朵夫结识到真正的朋友——以教书为生的青年诗人

奥里维。奥里维也是一个孤独而敏感的人，他与克利斯朵夫心意相通，但却无法给他真正的力量和支持。克利斯朵夫将视线转向社会底层，他从面包工人罗赛一家的惨死中看到了工人阶级中存在的一种"原动力"。在五一示威游行中，他和奥里维被卷进游行队伍，奥里维为救护一个孩子而被人群践踏，混战中死于警察之手。克利斯朵夫在自卫时误杀一名警察，只得再次逃亡瑞士。奥里维的死给克利斯朵夫造成巨大的精神打击，从此他向现实妥协，过起隐居的生活。后来克利斯朵夫回到法国，不但向当局妥协、和解，甚至还嘲笑起青年人的反抗斗争。

《约翰·克利斯朵夫》是罗曼·罗兰对自己英雄主义情结的深刻反思，表明了在当时的资产阶级中已不能出现力挽狂澜的英雄，即使像克利斯朵夫这样优秀的知识分子，想用自由、平等和博爱的精神，以及个人主义、人道主义和理想主义作为斗争武器也是不可能的。《约翰·克利斯朵夫》被认为是20世纪法国最高贵的小说，高尔基称其为"长篇叙事诗"般的巨著。诺贝尔文学奖的颁奖辞认为，这部作品充分体现了"他的文学作品中的高尚理想和他在描绘不同类型人物所具有的同情和对真理的热爱"。

文艺小辞典

批判现实主义 批判现实主义文学是19世纪三四十年代产生于西欧的文学流派，主张真实地表现现实生活，典型地再现社会风貌，深入解剖和努力揭示种种社会矛盾。由于这股文学潮流对现存秩序有着鲜明、强烈的揭露和批判，因此被人们称为批判现实主义。典型环境中的典型性格的塑造，是批判现实主义文学的重要贡献，在文学发展史上具有重要意义。

扫码获取更多资源

含泪微笑的小人物

欧·亨利像及其签名

美国现代短篇小说创始人欧·亨利（1862～1910）本名威廉·西德尼·波特，出生于美国北卡罗来纳州的一个小镇上，父亲是一名医生。欧·亨利三岁丧母，因家境贫寒没有接受过多少正规教育，15岁便开始在药房当学徒。20岁时欧·亨利到得克萨斯州的一个牧场放牧，后在银行任出纳员。银行供职期间发生的一件事改变了作家的命运。1896年银行指控欧·亨利盗用资金，尽管事情并未查清，但急于摆脱困扰的欧·亨利还是离开美国前往洪都拉斯。欧·亨利丢失的这笔为数不多的钱款可能是由管理上的失误造成的，如果他没有离开，未必会被视为有罪。不久欧·亨利得知妻子病危，冒险回家探望，终于在1898年被捕，以贪污银行公款罪被判处5年徒刑。由于表现良好，3年后被提前释放。在狱中欧·亨利有机会听到犯人们讲述许多稀奇古怪的故事，这激发了他的写作欲望，开始创作小说。1899年他的第一个短篇小说《口哨狄克的圣诞礼物》发表，署名欧·亨利———一个法国药典书作者的名字。

1901年出狱后的欧·亨利开始专心创作，以一周一篇的速度为杂志写短篇小说，很快获得读者的赞誉。欧·亨利的一生共创作了近300篇短篇小说，分别收录在《城市之声》、《剪亮的灯盏》、《滚石》、《命运之路》、《四百万》、《善良的骗子》以及《西部的心》等十余部小说集中。其中《最后一片藤叶》、《麦琪的礼物》、《没有完的故事》、《黄雀在后》和《警察与赞美诗》等脍炙人口的名篇更是代表了欧·亨利作为一个卓越短篇小说家的最高成就。

在欧·亨利的小说中，最让人感动的是那些落魄的小人物，而这正是作家从自身生活经历中挖掘出的独特视角。在极其艰苦的环境里，这些小人物仍然能对生活和他人表现出真诚的爱与关怀，做出无畏的行为。在《麦琪的礼物》中，为了给丈夫买一条金表链作为圣诞礼物，妻子卖掉了自己的一头秀发；而丈夫为了送妻子圣诞礼物，卖掉金表给妻子买了一套漂亮的梳子。尽管两人的礼物都失去了使用价值，但他们从中获得的情感却是无价的。而在《最后一片藤叶》中，为了鼓励贫病交加的年轻画家勇敢地活下去，老画家在风雨之夜挣扎着在墙上画了一片永不凋谢的常青藤叶，他为自己的杰作付出了生命的代价，却让青年画家因此获得了生存的勇气。所有这些故事都不是轰轰烈烈的大事，但正是这些小事，让读者看到了人们内心中的纯真与善良。

欧·亨利对社会丑恶的批判同样犀利，他将资本主义尔虞我诈、巧取豪夺的种种丑行彻底揭露出来：年轻的姑娘明明在饭馆里作出纳员，却偏要假装名门望族；忙碌的经纪人竟然忘了自己昨夜的婚礼，再一次向妻子求婚。作为一个有着深刻人生体验和进步观念的作家，欧·亨利笔下的善与恶并非无法转换，那些良心发现、幡然悔悟、重新做人的故事同样令人感动。决心改邪归正的盗窃犯为了救出把自己反锁在保险库里的孩子展露出偷盗本领，虽然他明白这意味着坐牢。

欧·亨利的作品在艺术上的最大特点是小说的"意外结局"。情节原本是顺着合乎情理的方向发展，然而结果却出人意料，这种意外的结局往往包含着作家善意的幽默和美好的期望。1918年美国设立"欧·亨利纪念奖"，专门用以奖励作家在短篇小说领域的新成就，欧·亨利的名字由此和短篇小说的创作以及小人物的悲喜紧密地联系在了一起。

CABBAGES
AND KINGS
BY
O. HENRY

NEW YORK
McCLURE, PHILLIPS & CO.
MCMIV

英文版欧·亨利小说《白菜与国王》扉页
欧·亨利的作品被称为"美国生活的幽默百科全书"，作为世界文学史上最优秀的短篇小说作家之一，他的小说在全世界范围内广受欢迎，拥有大量的读者。

苏联文坛一代宗师
MAKSIM GORKY 高尔基

高尔基归来

这是一本新闻杂志的封面，它描绘了高尔基流亡归来时下决心要用艺术为革命服务的情景。高尔基的这种决心在他于1934年的苏维埃作家代表大会上的讲话中有所体现："我们作品中首要的英雄人物应当是工人，也就是被劳动工序组织起来的人。"

高尔基（1868～1936）原名阿历克赛·马克西诺维奇·彼什科夫，出生于俄国伏尔加河畔的尼昵·诺夫戈罗德，后来，人们为了纪念他改名为高尔基市。他的双亲在他很小的时候便过世了，高尔基只上过两年小学，十几岁流落街头，做过杂货店伙计、码头搬运工、圣像画学徒、面包师、园丁和守夜人，饱尝了生活的艰辛。他酷爱读书，勤于自学，青少年时代接触到民粹派知识分子和早期马克思主义者，使高尔基逐渐认识到社会现实的黑暗和人民生活的疾苦，树立起改变社会的崇高信念。

1888年起高尔基曾先后两次漫游俄罗斯，深入了解祖国各地的风土人情和现实状况。这使高尔基积累了丰富的生活素材，激发出强烈的创作欲望。从1892年发表第一篇短篇小说《马卡尔·楚德拉》开始，整个90年代高尔基共创作了中短篇小说、散文和诗歌等共计700余篇。其中《少女与死神》、《伊吉尔老婆子》、《鹰之歌》、《海燕之歌》等浪漫主义作品让作家声名远播。1898年《特写与短篇小说集》以及1899年第一部长篇小说《福玛·高尔杰耶夫》的出版，轰动了整个欧洲文坛。**高尔基的小说在当时鼓舞了人民投身于革命事业，推动了俄国社会的变革。**

20世纪以来高尔基创作了大量的政治剧，其中较为著名的有《底层》、《小市民》、《敌人》、《避暑客》等。1906年高尔基在美国创作完成长篇小说《母亲》，这是作家最重要的代表作。此后直至"十月革命"，高尔基又创作出《意大利童话》及自传体三部曲《童年》、《在人间》、《我的大学》，它们共同描绘了19世纪俄国社会波澜壮阔的历史画卷。

小说《母亲》描绘了俄国工人阶级的悲惨生活和反抗精神。老钳工符拉索夫含恨死去，儿子巴维尔同青年工人们一道接受了革命思想，秘密向人民群众宣传革命真理。巴维尔组织工人罢工，失败后被捕入狱。在严酷的磨难中巴维尔变得更加成熟，他不顾女友反对，担负起领导五一游行的重任，同反动军警英勇搏斗。游行遭到残酷镇压，巴维尔再次被捕。巴维尔在法庭上大义凛然，发表演讲，痛斥沙俄政府的暴行。巴维尔的母亲尼洛夫娜原本是一个逆来顺受、胆小怕事的善良主妇，但在革命思想的感召下，她渐渐走出了自己的小天地。儿子被捕后，她主动向人们宣传革命思想，冒着生命危险散发传单，执行秘密任务。小说结尾处，尼洛夫娜的母亲形象真正高大起来。当她发现被跟踪后，从容不迫地将传单撒向群众，直至被军警抓住。此时的母亲变成了真正勇敢、坚定的无产阶级革命战士。

《母亲》中的无产阶级革命斗争构成了小说的主旋律，无产阶级革命战士成为作品的主人，这是世界文学史上破天荒的大事件，也是无产阶级文学的丰碑。

十月革命后，高尔基连续在报纸上发表了50多篇以"不合时宜的思想"为专栏题目的

高尔基主要作品简表	
短篇小说	
《马卡尔·楚德拉》	（1892年）
《切尔卡什》	（1895年）
《二十六个男人和一个女人》	（1899年）
长篇小说	
《福玛·高尔杰耶夫》	（1899年）
《忏悔》	（1908年）
《奥古罗夫镇》	（1909年）
《母亲》	（1906年）
《阿尔塔莫诺夫家的事业》	（1925年）
戏剧	
《底层》	（1902年）
《阳光之子》	（1905年）
《敌手》	（1906年）
《瓦萨·热列兹诺瓦》	（1910年）
《叶格·巴利柯夫》	（1932年）
非小说类作品	
《海燕之歌》	（1901年）
自传体三部曲	
《童年》	（1913年）
《在人间》	（1915年）
《我的大学》	（1922年）

社会主义现实主义文学：社会主义现实主义文学是20世纪现实主义文学的重要组成部分，它是在继承传统现实主义的基础上发展起来的新型文学。除了坚持现实主义的基本原则外，特别强调文学的党性与社会主义精神，属于无产阶级文学。高尔基是社会主义现实主义文学的奠基人。他的长篇小说《母亲》是第一部社会主义现实主义的典范性作品。

文章，并于1918年以此标题结集出版，其中作家反思了对"二月革命"和"十月革命"前后时局的看法，受到列宁的批评。1921年起高尔基出国旅居，直至1931年才返回祖国。在国外期间，高尔基发表了长篇小说《阿尔塔莫诺夫家的事业》，以及总结作家一生创作的巨型史诗《克里姆·萨姆金的一生》，此一巨著共花去作家10年时间，称得上一部俄国40年社会生活的编年史。回国后的高尔基受到人民的欢迎和拥戴，并于1934年当选为苏联作家协会的主席。

作为伟大的无产阶级作家，高尔基开创了无产阶级文学的新纪元，被列宁称为"无产阶级艺术最杰出的代表"。

高尔基（左三）与斯大林（右一）讨论文学

从普希金时代起，统治者与作家之间就存在着一种恐惧和信仰紧张互换的关系，写作与政治权力的种种联系成了当时文学史上的一个主题。高尔基作为苏联文坛的一代宗师也未能避免与斯大林间的这种关系。

HAPPY TIMES

普鲁斯特的
逝水年华

普鲁斯特 (1871 ～ 1922) 出生于法国巴黎的一个富裕的资产阶级家庭。父亲是一名医生兼学者，有很好的文化修养；母亲是一位富有的犹太经纪人的女儿，从小对他十分宠爱。普鲁斯特家族有着浓郁的文化气氛，著名哲学家柏格森是他的表兄，而舅妈则主持着一个有名的文化沙龙，那里经常聚集着雨果、大仲马、拉马丁、缪塞、梅里美、罗西尼等法兰西当时第一流的文化名人。普鲁斯特在这样的文化圈子里感受着难得的文艺熏陶和文学启蒙。

普鲁斯特从小体弱，九岁时患上哮喘病，并为此痛苦一生。1882 到 1889 年间，普鲁斯特在巴黎贡多塞中学读书，这是一所专为资产阶级上层子弟开设的学校。在这里普鲁斯特开始进入巴黎社交界，与作家法朗士及其他文学界的名流相识并结下友谊。1890 年普鲁斯特考入巴黎大学，从表兄伯格森的授课中对潜意识产生了浓厚的兴趣。1896 年普鲁斯特将自己陆续发表的纪事作品、随笔和小故事等汇编成他的第一本书《欢乐与时日》。此后普鲁斯特创作了自传体小说《若望·桑德伊》，但没有完成，直到 1952 年才由后人根据手稿整理发表。1900 到 1906 年间，普鲁斯特翻译并介绍了英国艺术评论家罗斯金的作品，罗斯金的思想对他影响很大，**普鲁斯特一直坚信前者"直觉胜于对客观事实"** 的分析。

普鲁斯特所做的一切都是在为他的旷世杰作——长篇小说《追忆逝水年华》作准备。这部小说从 1906 年开始动笔，到 1913 年布局和轮廓基本成型；全书被作家分成七大部分，预计共 15 册。1913 年小说第一部《斯万之家》完成，普鲁斯特自费印行，但市场反应冷淡。1919 年小说第二部《在花枝招展的少女们身旁》由卡里玛出版社出版，

罗伯特·德·孟德斯鸠－福森萨克伯爵肖像
这位品位不俗的纨绔子弟是个同性恋者，他是书中人物查鲁斯的原型，在现实生活中，他也是普鲁斯特的密友。

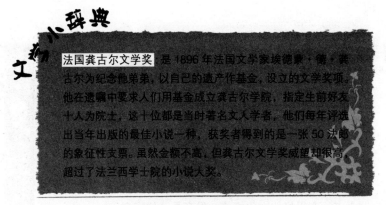

文学小辞典

法国龚古尔文学奖：是 1896 年法国文学家埃德蒙·德·龚古尔为纪念他弟弟，以自己的遗产作基金，设立的文学奖项。他在遗嘱中要求人们用基金成立龚古尔学院，指定生前好友十人为院士，这十位都是当时著名文人学者，他们每年评选出当年出版的最佳小说一种，获奖者得到的是一张 50 法郎的象征性支票。虽然金额不高，但龚古尔文学奖威望却很高，超过了法兰西学士院的小说大奖。

在读者当中引起强烈反响，获得当年的龚古尔文学奖，使作家一举成名。1920 到 1921 年普鲁斯特发表了小说第三部《盖尔芒特之家》的第一、二卷；1921 到 1922 年发表第四部《索多梅和戈莫勒》的第一、二卷。成名后的普鲁斯特夜以继日地工作，终于在逝世前完成了这部 250 万字的皇皇巨著。作品的后半部分第五部《女囚》（1923）、第六部《女逃亡者》(1925) 和第七部《过去韶光的重现》(1927)，都是在作家死后才发表的。全书的创作即便是放到今天也不能不说是一个奇迹。

《追忆逝水年华》表现的是一个人对自己青春的无限怀念与追恋。"我"是一个家境富裕、体弱多病，却很有才华的年轻人，热爱读书与绘画，经常出现在巴黎各种文艺社交场合。"我"结识并爱上了一个叫阿尔蒂的美丽姑娘，然而她却是同性恋。出于无奈与"爱"，"我"将她关在家里，但阿尔蒂还是不辞而别了。"我"四处找寻，最后得知她已经死去。在绝望与反省中，"我"决定从事小说创作，写出自己一生所经历的事情。

《追忆逝水年华》与一般小说的布局结构迥然不同，采用从回忆中向纵深开掘的新角度。为了挖掘很难完整表述与记忆的内心世界，作家将之分解为三个步骤。一是感性回忆。普鲁斯特认为只有感性回忆才能赋予人们认为已经消逝了的东西以生命力，这就是 "感悟"，并要用理性对这种回忆进行提纯。二是"分析"。对第一步得到的印象反复思考，并用文字将其记录下来。三是"表达"。借助艺术和诗意的表达对以上两个步骤加以改造，从而使逝去的

普鲁斯特（左一）与他的兄弟罗伯特（右一）和他们的母亲在一起
普鲁斯特与母亲的感情非常好，以至于他在《问题集》中写道，对他来说，人生最大的不幸就是"不能和她相识"。

世界完美回溯到眼前。小说也因此缺乏基本的连贯性，中间常插入各种议论、感想、倒叙甚至不着边际的叙述，结构就像是一颗枝杈交叠的大树。《追忆逝水年华》没有过多的情节，没有一般小说所必备的发展、高潮和结局三要素。因为普鲁斯特不愿"为作品的需要而虚构情节"，他要描写的是人物的内心世界和现实生活中的"真正真实"。

《追忆逝水年华》中的人物大体可分为三大类：贵族阶级日趋没落，作家冷静地观察了这个阶级的逐渐消亡；富有的大资产阶级中有着普鲁斯特自己的影子；仆人等劳动人民在作家看来"比公爵们更有教养"。普鲁斯特的小说改变了人们对小说的传统观念，对小说题材和写作技巧的创新开辟了当代小说的新视野，**超越时空概念的"潜意识"成了小说真正的主人公。这是世界文学史上划时代的大事件。**

1922 年 11 月 18 日久病缠身的普鲁斯特在巴黎去世，法国的著名传记作家莫罗亚曾说过："从 1900 到 1950 年这 50 年中，除了《追忆逝水年华》，再没有别的什么值得永远铭记的小说了。"从中我们可以看出这部伟大的意识流小说在法国乃至世界文学史上的重要地位。

普鲁斯特在伊利埃的卧室

小说家将这座典型的佩尔省风格的别墅里写了《追忆逝水年华》一书，成为贡布雷住所的原型。这里是作家童年的回忆，是他记忆中最美好的时代。

热爱生命的
JACK LONDON
杰克·伦敦

Jack London

杰克·伦敦像及其签名

杰克·伦敦（1876～1916）出生在美国加利福尼亚州旧金山的一个破产农民家庭。在出生8个月后，母亲带着他离开了他的生父与约翰·伦敦结婚，他也改名为杰克·伦敦。童年时代的杰克·伦敦就已饱尝了人世的贫穷与苦难。为了谋生，8岁的他到畜牧场做牧童，10岁开始在奥克兰做报童、码头小工、帆船水手和麻织厂工人。期间杰克·伦敦开始大量阅读从奥克兰图书馆里借来的小说和其他书籍。然而失业后的杰克·伦敦不得不在美国东部和加拿大各地流浪，住在大都市的贫民窟里，还曾因"无业游荡罪"被捕入狱。

杰克·伦敦读过马克思、恩格斯的著作，对黑格尔、斯宾塞和尼采的哲学很感兴趣，达尔文的进化论也对他产生过很大影响。在作家的早期创作中，我们可以强烈感受到他对资本主义社会的抨击和反抗。1894年杰克·伦敦曾参加过一个名为"向华盛顿进军"的失业者组织"基林军"。在政府的镇压下该组织遭到取缔，杰克·伦敦退出后继续过起流浪生活。监狱、警察局成了他最常出没的地方。即便是这样，杰克·伦敦却不曾自暴自弃，自始至终都在强烈地追求着知识。经过长期刻苦的努力，杰克·伦敦终于在1896年他20岁时考入加利福尼亚大学，然而大学的门槛对以流浪为生的杰克·伦敦来说太高了，昂贵的学费让他无法承受。为了赡养父母，1897年杰克·伦敦被迫退学。

在经历了无数人生磨难后，杰克·伦敦萌发了写作的强烈愿望。1899年，23岁的杰克·伦敦发表了第一篇小说《给猎人》，次年出版了自己的第一部短篇小说集《狼的儿子》。1903年才华初绽的杰克·伦敦完成了第一部长篇小说

杰克伦敦主要作品简表

小说	
《野性的呼喊》	(1903 年)
《白牙》	(1906 年)
《热爱生命》	(1906 年)
《铁蹄》	(1908 年)
《马丁·伊登》	(1909 年)
《一块牛排》	(1911 年)
《墨西哥人》	(1913 年)
《在甲板的天篷下面》	(1913 年)

《斯诺夫妇的女儿》，并出版了中篇小说《野性的呼唤》，引起文坛的关注，一举成名。

短篇小说《热爱生命》是杰克·伦敦最著名的代表作。一个美国西部的淘金者在返回途中被朋友抛弃，独自跋涉在恐怖的荒原上。寒冬逼近，他已经没有任何食物，受伤的腿还在流血，只靠着最后的一丝力气前行。这时他遇到了一匹同样筋疲力尽的病狼。两个濒临死亡的生灵在荒原上展开了求生的最后一搏，终于人获得了胜利。他咬死狼，喝了救命的狼血获救了，生命在这时放射出耀眼的光芒。**杰克·伦敦在小说中以雄壮粗犷的笔触展现出人性的伟大和坚强，描绘了生命中撼人心魄的坚韧和力量，奏出一曲生命的赞歌！**

《马丁·伊登》是杰克·伦敦的一部自传体长篇小说。年轻、贫穷的水手马丁·伊登在心爱的未婚妻罗丝的鼓励下决心成为一个优秀的作家，他努力工作并坚持创作、投稿，然而他的作品却无人问津。罗丝的父母说服女儿解除了与马丁·伊登的婚约，这让他十分痛苦。不久马丁·伊登的文学创作取得了巨大成功，使他一跃而成为有名的大作家。此时罗丝又找到马丁·伊登请求和好，然而无法原谅自己情人过失的作家愤然拒绝了罗丝的请求，独自一人前往海岛想要过与世隔绝的生活。在旅途中，过度抑郁的马丁·伊登自杀了。小说主人公马丁·伊登所经历的事有很多是杰克·伦敦自己的亲身体验，对当时美国社会真实而细腻的描绘引起了读者的强烈反响。作品对资产阶级的庸俗和堕落进行了深刻、犀利的批判，完整刻画了 19 世纪末 20 世纪初美国青年劳动者的苦难经历和真实形象。

然而令人无法想象的是，这位饱尝人世艰辛，并曾为底层人民奋笔呼号的作家，在他成名与发财后，竟然沉沦到极端的个人主义和无法自拔的拜金主义当中。1911 年杰克·伦敦公开声称自己写作的目的就是为了钱，人们再也看不到那个热爱生命的杰克·伦敦了。失去人生意义的作家于 40 岁时便因吞服大量吗啡结束了自己的生命，与他在《马丁·伊登》中创造的主人公走上了同一条不归路。

英文版《白牙》封面
《白牙》讲述的是一只名叫"白牙"的野狼从野蛮到驯服的故事。

解读灵魂的
茨威格

茨威格像

茨威格以塑造出众多美丽多姿、感情奔放而又命薄缘悭的女性形象而出名。高尔基曾赞誉他是"世界上最了解女人的作家"。不仅如此,茨威格也可说是世界上最了解读者,但又并不屈意取悦读者的作家。他那时代的文学,严肃的作品照样一印就是几万册甚至几十万册,在他生前,根据统计,他已是世界上"被翻译出版得最多的作家"。

奥地利作家茨威格(1881～1942)出生于维也纳的一个犹太企业主家庭。1899年中学毕业进入维也纳大学攻读哲学和文学专业,1904年获得博士学位。16岁起在刊物上发表文学作品,1901年第一部诗集《银弦》出版,1911年完成第一部小说集《初次经历》。第一次世界大战期间茨威格流亡瑞士,他创作的著名反战戏剧《耶利米》在此首演。战后作家目睹了民众生活的艰难和社会道德的沦丧,开始试图用弗洛伊德的心理分析法去探索人的精神世界。

茨威格的作品中充满了人道主义的精神和社会批判的色彩,尤其是"以罕见的温存和同情"塑造了许多令人难以忘怀的女性形象。他笔下塑造的女性角色都拥有一种一厢情愿式的爱,《一个陌生女人的来信》、《一个女人一生中的二十四小时》等都是其中的名篇。1933年希特勒上台后,茨威格的作品被禁毁,作家于次年移居英国,1938年加入英国国籍,不久又离开英国前往美国。1940年茨威格来到巴西,此时正是法西斯势力全球猖獗的时期,作家眼看着欧洲的沉沦和纳粹的疯狂,无比绝望,1942年2月22日与自己的第二任夫人洛蒂在里约热内卢近郊的寓所里双双服毒自杀。

茨威格的主要作品包括三部中短篇小说集《初次经历》、《热带癫狂症患者》、《感情的迷惘》,以及长篇小说《永不安宁的心》。此外,茨威格还是一位世界级的传记大师，他的传记作品受到读者的广泛欢迎，如《三大师》、《三诗人》、《斗恶魔》、《罗曼·罗兰》、《玛丽·安托瓦内特》、《玛丽·斯图亚特》、《巴尔扎克》等。茨威格的人物特写集《人类群星闪耀时》，共收入历史特写10篇，向读者展现了10个决定世界历史的瞬间，它们神奇地降临到10位传主身上，在强烈的个人意志与历史宿命的碰撞中产生出炫目的火花，照耀着人类文明的天空，受到全世界读者的推崇。

《一个陌生女人的来信》是茨威格最著名的中篇小说，又译为《巫山云》。小说中所描写的爱情很好地体现了茨威格的创作思想。一位痴情的维也纳少女，从13岁时起便暗恋上她的邻居，一个25岁的青年作家，但她的爱却深埋在心里不曾表白。五年后她被他当作卖笑女郎带回家中，一起度过了三个夜晚。在玩弄了她之后作家便将她抛弃，而少女却因此生下了他的孩子。少女只是一个人默默地抚育着孩子，独自承受着生活的重担，每逢作家生日便会悄悄地送去一束白色的玫瑰，而不曾向他提起过一句缘由。在她即将离世的时候，给作家写了一封饱含深情的长信，向他倾诉了自己一生的秘密。茨威格正是要借这种凄婉而奇异的爱，来实现在金钱至上的社会里对爱情理想的渴望。"从来也没有认识过我的你啊！"女人在长信中反复说起这句话，人世间的残酷莫过于此。

茨威格是一位心理描写大师，他的小说深刻地展现出女性隐秘的心理活动。作家笔下的女性是多情而敏感的，她们都向往美好的爱情，然而瞬间迸发的感情却总是成为一生挥之不去的痛楚。茨威格对柔弱、不幸的女性的深刻关爱体现出真正的人道主义，这也正是他的小说批判社会现实的意义所在。

文物小辞典

精神分析派 是把弗洛伊德精神分析学理论应用于文学作品分析的现代批判流派。所谓精神分析，就是通过分析心理现象来揭示隐匿在内心深处的精神原因。弗洛伊德认为，这些原因大多是藏在潜意识领域，而且大多与性欲有关，这是这一理论的前提。并认为有三个因素决定精神过程："本我""自我"、"超我"。文学批评中的精神分析派在作品分析中采用了弗洛伊德的某些理论。弗洛伊德的理论是一种泛性欲主义，即基本上是用性欲冲动来解释人的各种精神和实践活动。精神分析派的解释有时很牵强，因此精神分析派在文学批评中产生的影响是有限的，但它的某些概念和术语在现代各种新的批评流派中得到了广泛运用。

乔伊斯与现代史诗
尤利西斯 ULYSSES

手持放大镜的乔伊斯
乔伊斯在 1917 年患青光眼，这令他大为苦恼，而且直接影响到了他最后一部作品《为芬尼根守灵》的创作。不过，他仍于 1938 年完成了这部著作，并于 1939 年 5 月出版。

詹姆斯·乔伊斯（1882～1941）出生于爱尔兰首都都柏林的一个中产阶级公务员家庭。早年在耶稣学校学习，中学毕业后与天主教信仰决裂，转而投身于文学。1898 年乔伊斯进入都柏林大学，专攻语言和哲学；他爱好易卜生的戏剧，曾写过许多相关的评论文章。1904 年因无法忍受都柏林庸俗的社会生活，乔伊斯宣布"自愿流放"，偕女友诺拉私奔向欧洲各地，义无反顾地开始了长达一生的流亡生涯，此举震惊了整个爱尔兰。

1907 年乔伊斯发表了第一部作品——抒情诗集《室内音乐》，这是一部象征主义诗集，表现出作家对现实生活的悲观情绪。作家的第一部短篇小说集《都柏林人》完成于 1905 年，先后遭到 20 多家出版商的退稿。后在美国意象派诗人庞德的帮助下，才于 1914 年正式出版。小说集由 15 个短篇小说结集而成，以现实主义的手法描绘了形形色色的都柏林下层市层平庸琐屑的生活图景。1916 年发表的半自传体长篇小说《一个青年艺术家的画像》，是作家从现实主义向现代主义过渡的标志，也是第一部用意识流手法创作的小说。

经过 16 年的构思和 7 年的艰苦写作，乔伊斯的代表作《尤利西斯》终于在 1922 年发表，立即轰动了巴黎文艺界和整个爱尔兰，一时成为西方文坛评论的中心。然而这并不是什么好事，相反却因被诬为淫秽而屡遭禁毁。小说描写了广告经纪人利奥波德·布卢姆在 1904 年 6 月 16 日一天的活动。乔伊斯用意识流手法描写现实社会生活，开创了探索人的内心世界的新途径。小说描写布卢姆妻子玛莉恩的内心活动，用了数

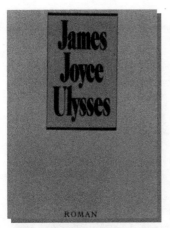

英文版《尤利西斯》的封面
此书写成于 1922 年初，占去了乔伊斯 8 年的时间，但正是它使乔伊斯闻名于世，并且奠定了乔伊斯意识流派中心人物的地位。

十页篇幅，不用任何标点符号，不分段落，中间也没有停顿和转折，以此表达人物思想的杂乱无章。在当时的人们看来，《尤利西斯》是无法理解的，正如一位同时代的作家所说，人们只要"读上三页，就会生出浪费生命的罪恶感"，它"像一道长长的、有害的阴影，笼罩着爱尔兰的文学生活"，是"爱尔兰文学史上最大的死胡同"。乔伊斯只能用三大武器面对这一切：沉默、机智和流亡。

祖国爱尔兰在乔伊斯的心中从未被遗忘过，作为一个作家，他更愿意从异乡的视角去观察和描写自己的故乡。乔伊斯也从未忘记过自己的誓言——为祖国的精神解放而写作，然而祖国却不能理解他。

1941 年 1 月 13 日乔伊斯病逝于苏黎世，死后也未能同祖国达成谅解，爱尔兰不允许他的遗体回国安葬，这与同样客死他乡的叶芝载誉荣归形成了鲜明的对照。然而历史最终会给出公正的答案，今天的都柏林人，在每年的 6 月 16 日这天，都要按照小说《尤利西斯》中的情节来重现往日的情景，以此纪念真正地热爱着自己祖国的乔伊斯。

詹姆斯·乔伊斯是一位在西方现代文学史中留有不可磨灭影响的杰出作家。作为小说艺术的革新者，他扩展了西方小说的表现力；作为独树一帜的"二十世纪意识流小说之父"，他使意识流成为现代文学独特的思维方式和重要的艺术表现手法，在世界文学史上具有划时代的意义，正如美国文学评论家埃德蒙·威尔逊所说，"乔伊斯代表了人类意识的一个新阶段"。

文物小辞典

意识流："意识流"本是一个心理学术语，美国心理学家詹姆斯曾把意识比喻为流动的"河流"或"流水"，20 世纪 20 年代，欧美一些作家把这种理论直接运用到文学创作中，认为文学应该表现人的意识流动，尤其是潜意识的活动，人的意识流动遵循的是心理时间，这就形成了意识流文学。它不是一个统一的文学流派，也没有公认的统一定义，在实际的运用上也很不同，主要是采用不受时间和空间限制的自由联想和内心独白的表现手法。法国作家普鲁斯特的《追忆逝水年华》、爱尔兰乔伊斯的《尤利西斯》、美国福克纳的《喧哗与骚动》、英国女作家伍尔芙的《到灯塔去》等作品，都是意识流小说的代表作。作为一种创作方法，意识流对很多现代文学流派都有影响。

异化的天才

FRANZ KAFKA 卡夫卡

现代派文学的奠基人弗朗茨·卡夫卡（1883～1924）出生于奥匈帝国首都布拉格的一个中产阶级家庭。卡夫卡兄妹四人，他是长子。卡夫卡的父亲是一个白手起家的犹太商人，卡夫卡与父亲的关系终其一生都十分紧张，父亲的性情粗暴而专制，卡夫卡将其称为"暴君"，这种不正常的关系也使他从小就生活在孤独与忧郁当中，产生了"无穷尽的负疚感"。中学毕业后卡夫卡原本到布拉格大学学习日耳曼语言文学，却迫于父命改读法律，最终他取得了法学博士学位。期间卡夫卡与犹太作家马克斯·布洛德结为终生挚友。

卡夫卡的作品不多，但对后世文学的影响却极为深远。他生活在奥匈帝国即将崩溃的时期，深受尼采、柏格森哲学的影响。第一次世界大战的爆发不仅破坏了人类的物质文明，也摧毁了人们的精神世界，整个欧洲沉浸在"现代人的困惑"中，卡夫卡的作品正是建立在这种思想基础之上的。卡夫卡的小说展现出一种荒诞的、充满非理性色彩的景象，运用象征主义的手法表达出个人忧郁而孤独的情绪。后来的许多现代主义文学流派，包括荒诞派戏剧和法国的新小说都将他奉为鼻祖。

卡夫卡像
卡夫卡是一位用德语写作的作家，他与法国作家普鲁斯特、爱尔兰作家乔依斯并称为西方现代主义文学先驱。卡夫卡生前默默无闻，孤独奋斗，但随着时间的流逝，他的作品引起世界的震动，并在世界范围内形成"卡夫卡"热，经久不衰。

卡夫卡小说的艺术特点
1. 独创性 2. 象征性 3. 荒谬性 4. 冷漠性 5. 意识流

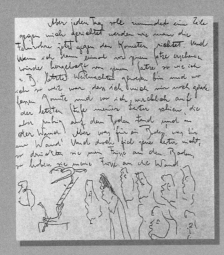

卡夫卡日记

这是他日记的一页，这页的下半部分，卡夫卡画了很多简单的线条，好像一张张人脸，左边好像一个人从梯子上跳入水中……寥寥几笔，也让人读出卡夫卡性格中的天真与灵异。

卡夫卡独特而寓意深刻的小说在他生前并没有得到读者的广泛认可，直到死后六年，欧美文坛才开始注意到他的作品。最初人们感兴趣的只是卡夫卡的语言天赋和创作方式，而不是作品的内在结构和意义。随着面世作品的增多，读者和评论家所受到的震撼愈发强烈，最终人们真切地认识到卡夫卡的重要价值。卡夫卡生前只出版过一个短篇小说集，他的后来被广为传诵的作品如《判决》、《地洞》、《变形记》、《饥饿艺术家》、《乡村医生》、《致科学院的报告》、《猎人格拉克斯》以及长篇小说《美国》、《审判》、《城堡》等，绝大多数是死后由布洛德编辑出版的，其中3部长篇小说都没有最终完成。卡夫卡曾给布洛德留下遗嘱，"凡是我遗物中的一切稿件，包括手稿、日记以及别人与我的通信等，请务必毫无保留地全部烧毁。"庆幸的是布洛德并没有遵守

文艺小辞典

现代主义：它不是一个具体的文学流派或思潮的名称，而是20世纪文学艺术中同古典文学传统，特别是现实主义相对立的各种文艺思潮流派的统称，又称先锋主义，包括表现主义、未来主义、达达主义、存在主义、黑色幽默、荒诞派戏剧等。它们的共同特点是标榜重新寻求创作的美学思想基础，以解脱资产阶级思想危机。他们受到各种流行的非理性哲学的影响，如尼采的超人哲学、柏格森的直觉主义等，创作中多表现周围世界的荒诞、冷漠和不可理解，表现现代人的陌生感、孤独感等痛苦情绪。他们强调表现内心生活和心理的真实，与19世纪的批判现实主义相对抗，热衷于揭示内心世界和潜意识的活动。在表现手法上，常用时序颠倒、充满象征性的语言等。现代主义的革新对20世纪世界文学艺术的发展产生了深刻影响。

这份遗嘱，他不仅留下了所有文稿，还将它们全部整理出版，于 1935 年到 1937 年间编辑完成了六卷本的《卡夫卡文集》，这位生前默默无闻的伟大作家的作品终于得以流传后世。

卡夫卡的作品描绘了西方社会中的孤独、恐惧、迷惘、荒诞、焦虑和压抑。他笔下的主人公都是被欺辱的弱者，他们苦闷无助，在令人窒息的环境中产生变态心理，让人们看到资本主义社会对人和命运的异化。卡夫卡展现了人性与社会中普遍存在的扭曲现象，特别是对悲惨的小人物命运的刻画，使亲身经历了两次世界大战的欧美民众找到了强烈的共鸣，因而在 20 世纪 50 年代形成了一股空前的卡夫卡热潮。

创作于 1912 年的中篇小说《变形记》是卡夫卡的代表作。推销员格利高尔一觉醒来，忽然发现自己变成了一只大甲虫，此后受到人们甚至是家人的唾弃和鄙视，最后只能悲哀地死去。这一荒诞、不可思议的变故在作者具体而细微地描述中产生了奇异的真实性。在卡夫卡看来，由于沉重的肉体和精神上的压迫，人已经失去了自己的本质而异化为非人。

北波希米亚的弗里德城堡，是小说《城堡》的背景，1917 年卡夫卡到这里出差，产生了《城堡》的创作灵感。

从没到过中国的卡夫卡在创作中还涉及了中国。在小说《万里长城建造时》中，老百姓"并不知道现在哪个皇帝当朝"，却被庞大而无形的权力驱使去建造没有实际防御作用的长城，表现了普通人被奴隶的命运。卡夫卡对于封建统治下的中国的认识令人叹服。

GONE WITH
THE WIND

爱的经典

飘

女作家玛格丽特·米切尔 (1900～1949)，出生于美国南部佐治亚州的亚特兰大市。父亲是一名律师，曾担任过亚特兰大历史协会的主席。米切尔曾在华盛顿神学院、马萨诸塞州史密斯学院就读，后在《亚特兰大报》担任记者。1925 年她与约翰·马尔什结婚后辞去工作，潜心写作。幼年家庭的熏陶使米切尔耳濡目染了美国南方的民风民情，并对美国南北战争时期的历史产生了浓厚的兴趣，阅读了许多关于内战和战后重建的书籍。

米切尔一生只发表了《飘》这一部作品，却奠定了她在世界文学史以及数代读者心中的重要地位。米切尔从 1926 年开始创作《飘》，10 年后小说完成，一经出版便引起强烈反响，很快被译成多种文字传遍世界。1937 年获普利策文学奖，1938 年被拍成电影《乱世佳人》，成为电影史上的不朽经典。

《飘》的背景设立在美国南北战争时期，以女主人公的爱情悲剧及南方奴隶主的节节战败为主线，生动演绎了动荡年代美国南方人民的生活境况，表达了作家反对奴隶制、支持北方革命的进步思想。

笑容满面的玛格丽特·米切尔

小说女主人公郝思嘉自认是当地最美的女人，总觉得自己暗恋的男子卫希礼也会对她倾心，然而卫希礼却与另一个女孩媚兰结婚，这让郝思嘉吃惊、痛苦、心生忌妒。在卫希礼的婚礼晚宴上，她发现了"面孔像海盗一样"的军火投机商白瑞德一直在注视着自己。郝思嘉找到卫希礼，向他表白爱意，却被卫希礼当面拒绝，失望的郝思嘉与媚兰的弟弟查理草率成婚。不久，南北战争开始了，查理和卫希礼参军，查理死在了战场上。北军封锁交通，郝思嘉求助白瑞德冒险护送她们回到家乡。郝思嘉的老家已遭劫掠，她决心重振家园，抛开惯有的娇纵，艰难而勤奋地生存着。

战争以北军的胜利告终，郝思嘉答应了白瑞德的求婚，婚后两人过着花天酒地的生活，可郝思嘉的心里还想着卫希礼。郝思嘉与卫希礼单独相见，不禁忘情拥吻，白瑞德得知后绝望地带着女儿不辞而别。郝思嘉从病危的媚兰口中得知白瑞德一直深爱着自己，此时她才发现庸俗的卫希礼不过是自己一厢情愿的爱情幻影。郝思嘉惊觉自己内心深处也深爱着白瑞德，只是从不曾意识到这一点。郝思嘉找到白瑞德说出自己的悔恨，但已经不抱任何希望的白瑞德却很冷淡，他深爱着这个女人，却已无法承受她所带来的痛苦，终于离她而去。

此时的郝思嘉 28 岁，依然年轻美丽，她觉得自己遇到的所有挫折，不管是自己还是别人造成的，都是珍贵的经历。白瑞德曾经说过，他们才是同类，她的灵魂原本就不应该属于卫希礼，而只能是白瑞德。郝思嘉决定无论到哪里也要把白瑞德找回来，经历了这一切的郝思嘉不会再有任何的犹豫，小说到此戛然而止。

文艺小辞典

普利策文学奖 普利策奖是 1917 年根据美国新闻界巨头普利策的遗嘱和捐款而创设的奖项，分新闻和文学两个方面，文学奖又设奖五项，主要奖给最佳小说、最佳剧作、最优秀诗集、最出色的美国历史著作和以热心公益及爱国主义为主题的最佳自传或传记作品。1943 年又增设了音乐作曲奖。每年评选一次，奖金总额为 50 万美元。普利策文学奖被美国作家视为一种文学荣誉。

作为一部描写爱情的经典小说，《飘》的作者米切尔以女性特有的细腻，准确地把握了一个个性独立的美丽女子在追求爱情时复杂的心理活动，成功地塑造了郝思嘉这个不甚完美却极为真实的人物形象。她有时让人理解，有时却又莫名其妙。在战争的大背景下，爱情显得如此残酷而美丽，小说将悲欢离合、爱恨情仇交织在一起，在跌宕起伏中打动了每一个读者的心。正如美国黑人女作家艾丽斯·兰道尔所说，"《飘》已经成为美国南方的一个神话"，而这个神话无疑也已在全世界读者的心中扎下了根。

二十世纪欧美文学

> 关键词：现实主义文学 现代主义文学

● 概述

　　20 世纪批判现实主义文学虽然已失去了在欧美各国的统治地位，但仍保持着顽强的生命力，并在思想上、艺术上不断有新的发展。虽然如此，20 世纪欧美文学多元化发展的态势已不可避免。现代主义文学（又译现代派文学）成为主流。现代主义文学是西方众多文学流派的总称，主要包括后期象征主义、表现主义、意识流（见 185 页"文学小辞典"）、超现实主义、存在主义、荒诞派戏剧（见 204 页"文学小辞典"）、新小说派（见 211 页"文学小辞典"）、黑色幽默和魔幻现实主义（见 208 页"文学小辞典"）等文学流派。

● 代表作家·代表作品

苏联文学
高尔基（1868～1936）《母亲》、《童年·在人间·我的大学》

马雅可夫斯基（1893～1930）《向左进行曲》、《列宁》

肖洛霍夫（1905～1984）《静静的顿河》

法国文学
罗曼·罗兰（1866～1914）《名人传》、《约翰·克里斯朵夫》

普鲁斯特（1871～1922）《追忆逝水年华》

美国文学
德莱塞（1871～1945）《嘉莉妹妹》、《珍妮姑娘》、《美国的悲剧》

海明威（1899～1961）《太阳照样升起》、《老人与海》、《丧钟为谁为鸣》

海　勒（1923～　　）《第二十二条军规》

英国文学
萧伯纳（1856～1950）《巴巴拉少校》

毛　姆（1874～1965）《月亮和六便士》

劳伦斯（1885～1930）《儿子与情人》、《虹》

艾略特（1888～1965）《四个四重奏》、《荒原》

德国文学
托马斯·曼（1875～1955）《魔山》、《布登勃洛克一家》

哥萨克社会历史的镜子
静静的顿河

肖洛霍夫

肖洛霍夫是苏联的荣誉，也是世界文学的杰出作家。2005年是肖洛霍夫100周年诞辰，联合国教科文组织将2005年定为"肖洛霍夫年"。

苏联著名作家米哈依尔·肖洛霍夫（1905～1984）出生于顿河沿岸的一个小职员家庭，父亲做过店员和磨坊经理，是一名文学爱好者，这使作家从小就沉浸在文学世界里。中学时肖洛霍夫因国内战争爆发而休学，1920年顿河地区建立苏维埃政权，肖洛霍夫先后做过卡尔金镇革命委员会办事员、扫盲教师、业余剧团编剧兼演员、武装征粮队队员等工作，经常在草原上同匪帮作战。1922年秋肖洛霍夫来到莫斯科，次年加入莫斯科共青团作家和诗人小组"青年近卫军"，1924年加入俄罗斯无产阶级作家联合会，1926年发表第一部短篇小说集《顿河的故事》，同年返回故乡专事文学创作。肖洛霍夫的早期作品大都取材于国内战争时期顿河地区的哥萨克生活，从不同角度反映出当时特定历史条件下人们思想的深刻变化。

1926年肖洛霍夫着手创作一部关于顿河哥萨克命运的长篇小说《静静的顿河》。1929年小说第一、二部问世，被批评家叱责为"思想立场暧昧"、"不是无产阶级作家"，但得到高尔基等人的高度评价。1932年肖洛霍夫加入苏联共产党，同年创作完成第二部长篇小说《被开垦的处于地》的第一部分，反映了当时的农业集体化进程。1939年肖洛霍夫当选为苏联科学院院士。卫国战争时期肖洛霍夫作为《真理报》和《红星报》军事记者奔赴前线，写出很多优秀的特写和杂文。1956年后肖洛霍夫发表了《一个人的遭遇》、《被开垦的处女地》第二部分和《他们为祖国而战》的部分章节，先后获得列宁奖金、列宁勋章和"社会主义劳动英雄"的称号。赫鲁晓夫当政后，作家担任苏共中央委员和作协理事会书记，并于1965年因"对顿河流域的史诗般描写，以有力的艺术和真诚的创造性反映了

⊙苏联评论家尼·马斯林称肖洛霍夫"是创作史实性长篇小说的巨匠"。

⊙穆·安纳德称肖洛霍夫的小说《静静的顿河》："像顿河的流水一样，历史事件以自己的激流载负着书中人物，顺流而下"。

⊙评论家康·普里玛写道："肖洛霍夫恢复了史诗的生命……向我们展示出一种新的艺术体裁，——将史诗与悲剧化为一体，既具有强烈的审美感染力，又具有历史乐观主义和社会主义人道主义的强烈音响。"

俄罗斯人民的一个历史阶段"而获得诺贝尔文学奖。

历经14年创作完成的长篇巨著《静静的顿河》以四大部上百万字的宏大篇幅生动描绘了从第一次世界大战到国内战争结束，这段动荡的历史年代里顿河哥萨克人的生活和斗争，表现了苏维埃政权在哥萨克地区建立的艰苦过程和反动势力走向灭亡的真实命运。

小说主人公鞑靼村青年葛利高里与邻居司切凡的妻子阿克西妮亚趁丈夫在军队服役期间私通，并生下一个女儿。不久葛利高里加入忠于沙皇的军队，因作战勇猛被授予十字勋章。在军中他遇到哥哥彼得罗和情敌司切凡。葛利高里在一次战斗中救了司切凡一命，两人恩怨抵消。葛利高里休假回家，发现阿克西妮亚和地主少爷尤金勾搭成奸，而他们的女儿不幸死去。他痛打了这对奸夫淫妇，并回家请求了妻子娜塔利娅的原谅。不久葛利高里成为红军中的一名军官，在作战中又立下战功，但当他看到红军将领波得捷尔珂夫残害俘虏后，激愤地退伍回家。1918年顿河哥萨克地区成为革命与反革命的争夺重点，此时葛利高里和彼得罗又成为白军头目。红色政权接管了鞑靼村，葛利高里成为首批被肃清的对象，不得已连夜逃走。在哥萨克人反抗红军的战斗中彼得罗被打死，而葛利高里则在叛军中升任师长，变得残酷无情，杀人如麻。红军的强大攻势让白军节节败退，葛利高里试图和阿克西妮亚逃走未果，又加入红军，在与波兰人的战斗中表现英勇。不久葛利高里回到家乡，当局立刻派人前来抓捕，无奈之下加入从红军中叛变的弗明部队。这支部队无法抵抗红军的强大进攻，葛利高里带着阿克西妮亚再次出逃，然而她却被追击而来的红军巡

1985年苏联发行的纪念肖洛霍夫获诺贝尔文学奖的邮票

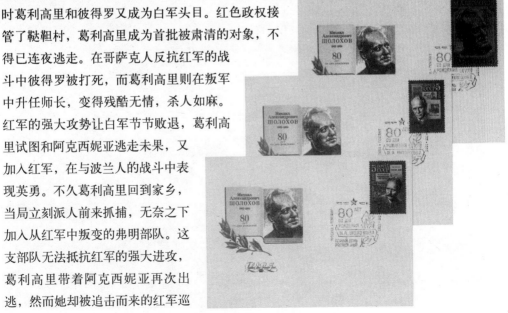

延伸阅读

《钢铁是怎样炼成的》：《钢铁是怎样炼成的》是苏联作家奥斯特洛夫斯基（1904～1936）的代表作品。描写了十月革命胜利后，第一代苏维埃青年在布尔什维克党的领导下，为巩固政权、恢复国民经济，同国内外敌人和各种困难展开斗争的事迹。小说采用激动人心的独白，发人深省的警句和格言、抒情的插叙以及书信、日记等多种艺术表现手法。这部作品激励了一代又一代青年。

逻队打死。葛利高里万念俱灰，扔下武器回到家中，娜塔利娅已在堕胎手术中大出血死去，只留下了他的儿子。

葛利高里是一个性格复杂的人物，几次加入白军和红军，人生充满了磨难，在那个独特的年代里，他走过的道路正是其政治立场摇摆不定的真实写照，从中也表达出作家真正的人道主义立场。正如肖洛霍夫在诺贝尔文学奖发奖仪式上所说，"我希望我的书能够帮助人们变得更完美，心灵更纯洁，能够唤起对人的爱，唤起人们积极地为人道主义和人类进步理想而斗争。如果我多少能做到这一点，我就是幸福的。"

被征新兵与家人告别 俄 列宾

荒诞不经的

THE BALDHEADED
秃头歌女
FEMALE SINGER

荒诞派戏剧创始人、法国剧作家尤金·尤奈斯库(1912～1994)出生于罗马尼亚的一个小康家庭，父亲是罗马尼亚人，母亲是法国人，两岁时随全家迁往法国。1925年尤奈斯库返回罗马尼亚学习，在布加勒斯特大学毕业后任法语教师。1938年返回法国定居，开始从事戏剧创作。1950年尤奈斯库推出了他惊世骇俗的代表作《秃头歌女》，奠定了荒诞派戏剧创作的基本风格。《秃头歌女》、《椅子》和《犀牛》三部戏剧被公认为是尤奈斯库最重要的作品。由于尤奈斯库突出的戏剧成就，1970年被选为法兰西学士院院士。

《秃头歌女》这一剧名本身就是荒诞的，事实上剧本的内容与秃头女人和演唱毫无关系。据说"秃头歌女"一名的产生得益于尤奈斯库的一次突发奇想。尤奈斯库编创了剧本《简易英语》，**在排练时一个演员把"金发女教师"一词错念成了"秃头歌女"，尤奈斯库从他的错误中发现了荒诞的意义**，于是把剧本改名为《秃头歌女》，使剧名和剧情相差得更远。

《秃头歌女》是一部独幕十一场剧，前后出场的共有6人，剧中发生的都是一些离奇反常的事情。史密斯夫妇正在家中闲聊，墙上的时钟胡乱地敲打着，它敲17下时这对夫妇却说成是9点。这只钟一会敲6下，一会敲4下，一会敲5下，敲了几次后干脆停下来不响了。这时他们的朋友马丁夫妇到来，马丁夫妇本来是应他们的邀请前来吃饭的，可是双方见面后却变得十分尴尬，更奇怪的是马丁夫妇进屋后竟然互不认识了。4个人在一起东拉西扯，这时一个年轻的消防队长走进来。消防队无事可做，只能奉上级的命令去扑灭城中的"火灾"——壁炉中的火。消防

尤金·尤奈斯库

法国剧作家，其作品主要描写人类经验和希望的荒谬，礼貌对话的空洞，以及艺术家和观众的无法沟通。对于他来说，只有荒谬、反写实的剧本才能确切反映出现代文明的机械化，和人类大部分行为的徒劳无功。

队长不着边际地讲起公牛与母牛的事，令人匪夷所思，女仆听着他的胡说八道竟然激动地投入他的怀抱。当屋子里又剩下史密斯夫妇和马丁夫妇时，他们在黑暗中不停地互换着角色和位置，四个人又重复起开始时的原话，表现出人的异化，以及荒诞的周而复始、永不停息。

《秃斗歌女》于1950年5月在巴黎的一家小剧院首演，遭到戏剧界和观众的空前冷落，曾因只有三个观众而退票停演，但尤奈斯库并未因此退缩，继续坚持自己的戏剧实验。1956年起该剧重新引起注意，并连演70多场，引起巨大轰动，成为法国历史上连续演出时间最长的戏剧之一。现实中人们相信时间的存在，然而剧中的时间却失去常态，这暗示着人们失掉了把握世界与自身的理性，这部戏剧的命运对此做了最好的注解。全剧以闹剧式的手法表现了当时市民生活的空虚感和悲剧性，在看似荒诞的情节中揭示了现代社会的本质病症。

尤奈斯库所做的滑稽喜剧剧本《二人疯癫记》(Delirio a due) 的一页。

尤奈斯库及《秃头歌女》是西方戏剧发展史上的一座里程碑，正是以这部作品为开端，荒诞派戏剧成为西方后现代派艺术的一个重要组成部分，它在20世纪50年代的法国兴起，60年代风行欧美，在世界文坛和剧坛上都产生了极其重大的影响。

荒诞派戏剧： 第二次世界大战以后西方戏剧界最有影响的流派之一。它兴起于法国，20世纪50年代在巴黎上演了尤奈斯库、贝克特、阿达莫夫、热内等剧作家的戏剧。这些剧作家在超现实主义文学，特别是在阿尔特戏剧理论的影响下，打破了传统戏剧的写作手法，创作了一批从内容到形式别开生面的剧作。这些作品中的形象是光怪陆离、荒诞不经的。60年代初，英国著名戏剧理论家马丁·埃斯林在《荒诞派戏剧》一书中，给贝克特、尤奈斯库等为首的流派定名为荒诞派戏剧。这一流派的代表作有：贝克特的《等待戈多》，尤内斯库的《秃头歌女》、《椅子》等。荒诞派戏剧是战后西方社会的一面哈哈镜，曲折反映了面对现实人们内心的荒诞和虚无。这一流派被认为战后西方社会思想意识通过舞台艺术的最有代表性的反映。

文艺小辞典

黑色幽默的开山之作

第二十二条军规

CATCH-22

　　"黑色幽默"小说产生于 20 世纪 60 年代的美国，当时二战和原子弹的阴影还笼罩在人们的心头，而越南战争的爆发又把美国人的反战情绪推向顶点。人们对现实世界感到绝望，精神世界也无限虚空，正是在这种背景下，"黑色幽默"小说应运而生。约瑟夫·海勒 (1923～2000) 创作于 1961 年的长篇小说《第二十二条军规》是"黑色幽默"小说的开山之作。

　　海勒是美国"黑色幽默"小说流派的重要代表作家，出生于纽约布鲁克林柯尼岛的一个犹太移民家庭。由于家中贫困，中学毕业后他便到邮局工作以贴补家用。1941 年珍珠港事件爆发，19 岁的海勒应召入伍，服役于美国空军第十二飞行大队，这段经历为他写作《第二十二条军规》积累了丰富的素材。战后海勒进入纽约大学学习，并于1949 年获得哥伦比亚大学文学硕士学位，后赴英国牛津大学深造一年。1950 年到 1952 年期间海勒在宾夕法尼亚州立大学等学校任教，此后离开大学到《时代》、《展望》等杂志任编辑。

　　1961 年海勒发表了处女作《第二十二条军规》，一举奠定了他在西方当代文坛的重要地位。此后他放弃公职，专门从事文学创作。长篇小说《出了毛病》、《像高尔德一样好》是作家另外两部重要的代表作，前一部反映了美国中产阶级苦闷彷徨的精神世界，后一部则通过一个想要进入官场的犹太知识分子讽刺了美国的政治和社会生活。

约瑟夫·海勒
海勒手捧自己的作品《第二十二条军规》，身后的军装照片是他在美国空军飞行大队时的照片。

　　《第二十二条军规》描写了二战期间奉命驻守在地中海皮亚诺扎岛上的一支美国空军大队的生活。主人公尤索林是这个大队所属中队的轰炸手，他起初怀着满腔爱国热情加入到战争中来，最终却发现战争不过是一场无耻的骗局和一些人借以升官发财的工具。尤索林不想在这场无谓的战争中毫无意义地死去，于是从一个英勇的战士蜕变成贪生怕死的厌战者，并千方百计要逃离战争。尤索林试图装疯卖傻，希望能被送回国内，因为第二十二条军规规定，只有疯子可以获准免于飞行；但军规又规定必须由本人提出申请，而能提出申请的人又被认定是头脑清醒者，理应继续执行飞行任务。尤索林又把希望寄托在飞满25次上，因为军规规定凡飞满上级要求次数的士兵便可回国；然而尤索林在飞行了40次后仍未获准离开，因为军规还规定，飞行员中止飞行前必须执行长官的命令，而长官却总是增加他的任务，让他永远也不能飞满规定的次数。负责队列操练的谢斯科普夫少尉是一个野心家，一心渴望升迁。为了使他的中队在阅兵式中取得好成绩，他绞尽脑汁要把队列的12名士兵钉在一块木板上，并在每个人的腰部安插由镍合金做成的旋转轴承，结果可想而知。然而这个像白痴一样的人却步步高升，一直爬到将军的位置。食堂管理员麦洛是一个唯利是图的人，为了谋取好处竟调用战斗机运输物资，还荒唐地承包所谓战斗工程。他与美军签订轰炸德国桥梁的合同，又跟德军签约用高射炮射击美军飞机，保卫德国桥梁。这种两面派做法竟使他名声大噪，甚至成为市长，所到之处大受吹捧。

海勒所描写的这样一个怪诞的世界，实际上是作家感情钳制下扭曲和变形了的社会现实。因此小说一出版就引起轰动，被西方评论界誉为20世纪60年代最好的一部小说。

《第二十二条军规》剧照
1971年，美国导演麦克尼科斯根据同名小说拍摄了影片《第二十二条军规》。

魔幻现实主义代表
马尔克斯

《百年孤独》被认为是 20 世纪最重要的小说之一，它是近代拉丁美洲的缩影，也是世界性的人类寓言，它的叙述打破了现实时间的界限，使人性的蒙昧、荒谬和孤独能够穿透历史并伸向未来，从而深刻反思了人类的宿命。

小说的作者加夫列尔·加西亚·马尔克斯（1927～）出生于哥伦比亚靠近加勒比海的阿拉卡塔镇，这里承载着马尔克斯童年的回忆，也是《百年孤独》中为世人所熟知的小镇马孔多的原型。童年时代的马尔克斯内向、早熟，在外公外婆身边生活。外婆经常给他讲一些荒诞离奇的鬼故事，而外公则经常带着他四处周游，给他讲自己丰富的人生阅历。不久家庭陷入经济窘境，这使马尔克斯失去了安逸的生活条件，为了继续学业只能自食其力。13 岁时马尔克斯离开父母和家乡，只身来到哥伦比亚首都波哥大的一所中学读书。1947 年马尔克斯考入波哥大国立大学法学院。次年哥伦比亚发生内战，政治热情高涨的马尔克斯参加了反暴力、反专制的游行示威，并中途辍学。不久马尔克斯进入报界，任《观察家报》记者，1954 年起任该报驻欧洲记者，并开始从事文学创作。1955 年第一部长篇小说《枯枝败叶》出版，同年短篇小说《星期六后的一天》获得波哥大作家艺术家协会授予的奖金。1958 年马尔克斯与相爱多年的梅尔塞德斯结婚，她的形象经常出现在作家的作品中。此后马尔克斯曾担任过古巴拉丁社记者，1961 年到 1967 年侨居墨西哥，从

加西亚·马尔克斯作为一个天才的、赢得广泛赞誉的小说家，马尔克斯将现实主义与幻想结合起来，创造了一部风云变幻的哥伦比亚和整个南美大陆的神话般的历史。

> 他在小说中运用丰富的想象能力，把幻想和现实融为一体，勾画一个丰富多彩的世界，反映拉丁美洲大陆的生活和斗争。
> ——诺贝尔奖获奖评语

事文学、新闻和电影工作。1971年
马尔克斯获美国哥伦比亚大学名誉
文学博士称号，1972年获拉美文学
最高奖——委内瑞拉加列戈斯文学
奖，1982年凭借《百年孤独》获得
诺贝尔文学奖和哥伦比亚语言科学
院名誉院士称号。

　　加西亚·马尔克斯的小说将幻
想与现实巧妙结合在一起，以此来
反映当代拉丁美洲的社会生活。他
的代表作有长篇小说《百年孤独》、
《家长的没落》、《霍乱时期的爱
情》，中篇小说《一件事先张扬的

$25
aéreo

COLOMBIA
Gabriel García Márquez
NOBEL DE LITERATURA 1982

哥伦比亚发行的纪念邮票

马尔克斯由于"运用丰富的想象力，把幻
想和现实融为一体，勾画出一个丰富多彩
的幻想世界，反映了拉丁美洲大陆的生活
与斗争"被授予1982年诺贝尔文学奖。
图为哥伦比亚发行的纪念邮票。

文艺小辞典

魔幻现实主义：20世纪拉丁美洲小说创作中的一个流派。这一术语最早
是1924年德国艺术批评家弗兰兹·罗在一本评论后期表现派绘画的专著
中提出的，之后，委内瑞拉作家乌斯拉尔·彼得里在《委内瑞拉文学与
人》一书中将其应用到文学评论上。作为一个文学流派，它发源于20世
纪30年代，早期主要表现为对美洲印第安人或黑人神话传说的发掘，代
表作是危地马拉作家阿斯图里亚斯的短篇小说集《危地马拉的传说》；
中期从40年代末到60年代中，主要包括阿斯图里亚斯的《玉米人》、
秘鲁作家J.M.阿格达斯的《深沉的河流》和哥伦比亚作家加西亚·马尔
克斯的《百年孤独》等，这些作品的显著特点是通过神话原型的显现以
展示拉丁美洲的文化混杂和社会矛盾；此后，魔幻现实主义盛极而衰，
但它的某些创作方法一直延续到70年代甚至更晚。

凶杀案》、《恶时辰》、《没有人给他写信的上校》，以及短篇小说集《蓝宝石般的眼睛》、《格兰德大妈的葬礼》等。在创作风格上，马尔克斯继承了海明威简洁凝练、真实自然的叙述方式；在题材上，他像福克纳一样创造了一个想象的世界，那里"神奇与真实相聚"，人物的生死界限被打破，活着的人像死掉一样孤寂，而已死去的人却拥有灵魂，甚至能充当故事的叙述人。

马尔克斯主要作品

长篇小说	
《落叶纷飞》	（1955 年）
《百年孤独》	（1966 年）
《家长的没落》	（1975 年）
《霍乱时期的爱情》	（1985 年）
中篇小说	
《无人给他写信的上校》	（1958 年）
《恶时辰》	（1961 年）
《一件事先张扬的凶杀案》	（1981 年）
短篇小说集	
《蓝宝石般的眼睛》	（1955 年）
《格兰德大妈的葬礼》	（1962 年）
电影文学剧本	
《绑架》	（1984 年）
文学谈语录	
《番石榴飘香》	（1982 年）
报告文学集	
《一个海上遇难者的故事》	（1970 年）
《米格尔·利廷历险记》	（1986 年）

马尔克斯用梦幻般的笔触于 1967 年秋完成了长篇巨著《百年孤独》。小说一经问世便迅速传遍西班牙语国家，被翻译成多种文字风行世界，并为他摘得 1982 年诺贝尔文学奖。这是一部关于布恩狄亚几代子孙的家族编年史，也是哥伦比亚、拉丁美洲和现代世界一个世纪以来风云变幻的神奇历史。人们将《百年孤独》视为魔幻现实主义的巅峰之作，然而马尔克斯却坚持说自己是一个彻底的写实主义者。他所理解的现实是外在的物质现实，包括一些表现为反常现象的现实和主观感受中的现实相互融合的产物。《百年孤独》所表现的正是这样的现实，它以拉丁美洲的奇特景观、神秘文化以及人类远古神话原型为依托，表达出针对现实的象征意义。

公元前 2000 年	巴比伦史诗《吉尔伽美什》整理完成。
约公元前 1500 年	印度吠陀文学的核心之作、印度现存最古老的诗集《梨俱吠陀》成书。
公元前 12 世纪～前 8 世纪	欧洲最早的文学形式——古希腊神话产生。
公元前 9～前 8 世纪	古希腊文学的最高成就荷马史诗《伊利亚特》及《奥德赛》规模初具。
前 6 世纪	古希腊文学的另一种形式——寓言,开始在民间流传。《伊索寓言》在这一时期开始口头传诵,相传奴隶伊索是其作者。
公元前 6 世纪末～前 4 世纪初	古希腊文学出现繁荣的局面,这时文学的主要成就是戏剧、散文和文艺理论,尤以戏剧为代表,著名的古希腊三大悲剧家埃斯库罗斯、索福克勒斯、欧里庇得斯及喜剧家阿里斯托芬即诞生在这时期。
公元前 4 世纪～公元 4 世纪	古代印度文学中的史诗、往世书文学的典范之作《摩诃婆罗多》和《罗摩衍那》两大史诗成书。
5～10 世纪	教会文学成为中世纪欧洲唯一的书面文学。
约 760 年	日本出现了诗歌总集《万叶集》,收入诗歌 4500 多首,包括 4－8 世纪的作品。
8 世纪末	阿拉伯民间故事集《一千零一夜》故事开始在阿拉伯流传,但其定型成书则在大约 16 世纪。
约 8～13 世纪	英雄史诗被文人加工整理并陆续成书,其中包括迄今欧洲最完整的史诗盎格鲁·撒克逊人的《贝奥武甫》(8 世纪)、法国史诗《罗兰之歌》(1080?)等。
	有"大和民族之魂"美誉的日本女作家紫式部完成她的长篇小说《源氏物语》,这部鸿篇巨制是日本最著名的作品,也是世界上最早的长篇小说之一。
约 12～13 世纪	骑士文学在欧洲发展至顶峰,主要体裁是骑士抒情诗和骑士传奇两种形式,骑士文学起源于法国。
约 12～14 世纪	城市文学兴起,并成为文艺复兴时期文学的先驱,其中心在法国,主要作品有法国的长篇叙事诗《列那狐传奇》、《玫瑰传奇》,市民抒情诗《吕特勃天的贫困》等。

14 世纪初 ~ 17 世纪初	伟大的文艺复兴运动拨开了中世纪文学的阴霾,为欧洲文学的发展带来了前所未有的契机。
1321 年	中世纪最后一位伟大的作家、人文主义的先驱、意大利人但丁完成他的诗作《神曲》。
1341 年	被誉为"人文主义之父"的意大利学者彼特拉克荣获"桂冠诗人"的称号。
1348 ~ 1353 年	意大利文艺复兴运动的杰出代表、人文主义者薄伽丘完成巨著《十日谈》。
1387 ~ 1400 年	英国文艺复兴旗手杰弗里·乔叟的代表作《坎特伯雷故事集》完成。
1532 ~ 1564 年	法国人文主义文学平民倾向的杰出代表拉伯雷完成并出版他的 5 卷集长篇小说《巨人传》。
16 世纪	作为欧洲近代小说模式之一的"流浪汉小说"风行西班牙,1554 年问世的《小癞子》是其中最著名的一部。
16 世纪下半叶 ~ 17 世纪	源于意大利和西班牙的巴洛克文学在法国达到全盛,其艺术手法对 19 世纪的浪漫主义文学产生了直接影响。
	法国文艺复兴后期人文主义作家蒙田的《随笔集》出版。
1595 年	莎士比亚的悲剧《哈姆莱特》上演,这部戏代表了莎翁最高的艺术成就。
1601 年 1605 年	西班牙最伟大的文学天才塞万提斯的代表作《堂吉诃德》上卷出版,下卷也于 1615 年出版。
1616 年	英国伟大作家、世界戏剧泰斗莎士比亚逝世,享年 52 岁。
17 世纪	发源于法国的古典主义成为欧洲的主要文学思潮。同时,清教徒文学兴盛于英国,代表人物为约翰·弥尔顿和约翰·班扬。
1664 ~ 1669 年	法国古典主义最杰出的代表、世界喜剧文学巨擘莫里哀的最优秀剧作《伪君子》完成。
18 世纪	全欧范围产生被称为"启蒙运动"的思想文化革新运动,启蒙文学应运而生。
1719 年	小说《鲁滨孙漂流记》的出版,将英国作家笛福推到"英国小说之父"的位子上。

18 世纪 70 ~ 80 年代	德国文学史上第一次全国规模的文学运动——"狂飙突进"运动使启蒙文学在德国迅猛发展。代表人物为歌德和席勒。
18 世纪末 ~ 19 世纪上半叶	浪漫主义文学成为欧洲文坛的最强音。
1806 年	《浮士德》第一部问世,这部诗体悲剧是德国最伟大的诗人、作家和思想家歌德的代表作。
1812 年	德国著名童话作家格林兄弟根据他们搜集整理的民间材料改编的《格林童话》第一辑出版。
1823 年	英国诗人、浪漫主义一代宗师拜伦的长篇叙事诗《唐璜》因拜伦的逝世而中断,虽未完成,它依然代表了欧洲浪漫主义诗歌创作的最高成就。
1829 年	法国 19 世纪最重要的作家、现实主义文学的奠基人之一的巴尔扎克开始从事《人间喜剧》的创作,这部最终囊括了 90 多部作品的小说集"提供了一部法国社会,特别是巴黎上流社会的卓越的现实主义历史"。
1830 年	法国重要诗人、戏剧家、小说家和浪漫主义运动的领袖雨果的剧作《欧那尼》演出成功,这标志着浪漫主义对传统古典主义的胜利。同年,法国现实主义文学的奠基人之一司汤达的代表作《红与黑》付梓,这部作品被认为是法国 19 世纪现实主义奠基之作。
19 世纪 30 年代	现实主义文学思潮在欧洲文坛孕育成形,并逐渐发展成为 19 世纪欧美文学的主流,也造就了近代欧美文学的高峰。
1835 年	丹麦举世无双的童话大师安徒生的第一本童话《讲给孩子们听的故事集》出版,其中有脍炙人口的童话名篇《卖火柴的小女孩》《豌豆上的公主》等。
1836 ~ 1837 年	长篇小说《匹克威克外传》发表,这使狄更斯开始走上写作的道路,并成为英国 19 世纪最杰出的批判现实主义小说家。
1837 年 1 月 29 日	有"俄罗斯诗歌的太阳"之称的普希金因与情敌丹特士决斗受重伤不治身亡,年仅 38 岁。
1842 年 5 月	俄国著名戏剧家、小说家果戈理的代表作《死魂灵》出版,这部小说被公认为"自然派"的奠基石,"俄国文学史上无与伦比的作品"。

1843 年	年已 73 岁高龄的英国浪漫主义文学先驱、"湖畔派"诗人之首的威廉·华兹华斯荣获"桂冠诗人"的称号。
1844 年	法国小说家大仲马的《基度山伯爵》发表,这部小说及大仲马之子小仲马的小说《茶花女》代表了 19 世纪通俗文学的最高成就。
1847 年	英国作家勃朗特三姐妹的三部作品——夏洛蒂·勃朗特的《简·爱》、艾米莉·勃朗特的《呼啸山庄》和安妮·勃朗特的《艾格妮丝·格雷》——出版,这些与之前的英国女作家简·奥斯丁的作品共同填补了整个女性文学的空白。
19 世纪下半叶	巴黎公社文学,也即无产阶级文学,作为一种新颖的现实主义文学出现在欧洲文坛,代表人物为《国际歌》的创作者欧仁·鲍狄埃,及有"红色圣女"之称的路易丝·米雪尔。同时期,自然主义文学流派在龚古尔兄弟的倡导下产生于法国,并于 19 世纪末和 20 世纪初传至欧美和世界各国。
1855 年	美国现代诗歌和现代文学的开山鼻祖惠特曼的诗集《草叶集》问世。
1856 年 4 月	在现实主义和自然主义之间起着承前启后作用的法国作家福楼拜的小说力作《包法利夫人》问世。
1857 年	法国诗人、现代派的鼻祖波德莱尔的诗集《恶之花》出版,其中表现的波德莱尔的诗歌理论和实践直接影响了 19 世纪下半叶和 20 世纪的文学创作。
1872 年	《巴黎时报》连载了法国小说家、科幻小说鼻祖凡尔纳最著名的作品《八十天环游地球》。
1879 年	挪威杰出戏剧家易卜生的《玩偶之家》完成,这部剧作是"社会问题"剧的典范之作。
1884 年	美国著名小说家马克·吐温最优秀的代表作、儿童惊险小说《汤姆·索亚历险记》出版,这是他的代表作《哈克贝利·费恩历险记》的姊妹篇。
	唯美主义兴起于欧洲,英国著名戏剧家和小说家王尔德是其代表人物。同时,象征派产生于法国,波德莱尔是其先驱。

20 世纪初	表现主义产生于德国，达达主义产生于苏黎世、纽约、柏林及巴黎等城市，赞美"速度美"和"力量"的未来主义在意大利兴起并很快流行于欧洲各国。
1901 年	世界文坛的最高奖项诺贝尔文学奖首次颁奖，获奖者为法国诗人普律多姆。
1904 ~ 1912 年	法国小说家、戏剧家和散文家罗曼·罗兰创作完成《约翰·克利斯朵夫》，正是这部长篇小说使罗曼·罗兰获得 1915 年的诺贝尔文学奖。
1906 年	无产阶级作家、苏联文学的创始人高尔基最有代表性的作品《母亲》首次以英文出版，它的问世揭开了无产阶级文学的历史新纪元。
1910 年 11 月 20 日	19 世纪俄国最杰出的现实主义作家列夫·托尔斯泰病逝，享年 82 岁。
1912 年	奥地利小说家、表现主义代表弗兰茨·卡夫卡的最著名作品《变形记》问世。同年，美国诗人、评论家庞德系统地提出了意象主义的文学主张，意象主义是对法国象征主义的继承。
1913 年	印度近代伟大的诗人和小说家泰戈尔因英文诗集《吉檀迦利》获得诺贝尔文学奖。同年，20 世纪英国文学史上最重要的作家之一、英国著名小说家劳伦斯的成名作《儿子与情人》出版。
20 世纪 20 年代	日本文坛出现"新感觉派"，打出"反传统"旗号，力图从形成和技巧上另创新路。其核心人物为川端康成。
20 世纪 20 ~ 30 年代	采用"自动写作法"和"梦幻记录法"创作的超现实主义产生于法国，其创始人和理论家是法国的安德烈·布勒东。同时期，意识流小说风靡英、法、美等国，其先驱为法国的普鲁斯特，杰出代表则为英国的乔伊斯和美国的福克纳。
20 世纪 20 ~ 40 年代	具有国际性影响的后期象征主义文学流派形成，其代表人物为英国诗人托马斯·斯特恩斯·艾略特。
1922 年	2 月 2 日，法国巴黎的莎士比亚书屋出版了《尤利西斯》的法文版本，这部小说是乔伊斯最重要的作品，也是现代主义文学的经典之作。10 月，托马斯·斯特恩斯·艾略特的代表作《荒原》在他自己主办的文学季刊《标准》的创刊号上发表，这部杰作被认为是现代派诗歌的里程碑。

1923 年	黎巴嫩诗人哈利勒·纪伯伦的哲理抒情散文诗集《先知》出版，这部东方现代"先知文学"的典范之作，使纪伯伦跻身阿拉伯现代文学复兴运动的先驱及 20 世纪东方乃至世界最杰出的散文诗诗人之列。
1924 年	德国著名作家托马斯·曼的又一大作《魔山》继其代表作《布登勃洛克一家》之后出版，小说中反映了托马斯·曼反战的和平主义立场，也代表了作为 20 世纪德国最强音的反法西斯主题。
1925 年	英国最有代表性的现实主义戏剧家萧伯纳凭借《圣女贞德》剧本荣获诺贝尔文学奖。
1926 年	20 世纪美国杰出小说家海明威将其第一部重要长篇小说《太阳照样升起》的题词定为："你们全是迷惘的一代。"这是斯坦因曾说过的一句话。自此，"迷惘的一代"即成为美国文学史上的一个专门名词，用来指第一次世界大战前后成长起来的一代美国作家。
20 世纪 20 年代末 30 年代初	20 世纪德国文坛上独树一帜的剧作家、诗人布莱希特开始创立自己独特的"非亚里士多德式戏剧"的理论体系。
20 世纪 30 ~ 40 年代	魔幻现实主义产生于拉丁美洲,其最重要代表是哥伦比亚的加西亚·马尔克斯。
1936 年	曾四度获普利策奖的美国现代著名剧作家、表现主义戏剧的代表作家尤金·奥尼尔，又摘取了当年诺贝尔文学奖的桂冠。
20 世纪中期	存在主义文学流派产生于法国，二战后流行于整个西方世界。法国的让－保尔·萨特、阿尔贝·加缪是其最重要代表。
20 世纪 50 年代	荒诞派戏剧、新小说形成于法国，前者的代表人物是法国的欧仁·尤奈斯库和塞缪尔·贝克特；后者的代表作家则是法国的阿兰·罗伯－格里耶和米歇尔·布托尔。同时，美国也出现"垮掉的一代"的文学团体，其中杰克·凯鲁亚克的《在路上》、艾伦·金斯堡的《嚎叫》是最具代表性的作品。
	美国作家杰罗姆·大卫·塞林格的杰作《麦田里的守望者》出版，享有"荒诞英雄"称号的主人公给美国甚至世界文坛打开了又一扇窗。

1951 年	拉丁美洲进入"文学爆炸"时代，其中最具代表性的作家是有"'文学爆炸'四大先锋"美誉的卡洛斯·富恩特斯、胡利奥·科塔萨尔、加西亚·马尔克斯、巴尔加斯·略萨。
20 世纪 60 年代	
	黑色幽默流行于美国文坛，其代表作家为美国的约瑟夫·海勒和小库尔特·冯尼古特。
20 世纪 60 ~ 70 年代	在苏联叙事文学中开创了悲剧史诗艺术先河的作家肖洛霍夫摘得当年诺贝尔文学奖桂冠，其代表作为《静静的顿河》。
1965 年	哥伦比亚小说家、魔幻现实主义文学的代表作家马尔克斯的代表作《百年孤独》单行本在阿根廷出版，立即在拉美引起了一场"文学地震"。
1967 年	川端康成以《雪国》、《千只鹤》及《古都》三部作品，问鼎当年诺贝尔文学奖桂冠，同时也奠定了他作为日本现代派文学开山祖师的地位。
1968 年	
	捷克小说家、剧作家、诗人米兰·昆德拉的代表作《生命中不能承受之轻》发表，这部作品至今仍享誉极高。
1984 年	尼日利亚作家奥莱·索因卡荣获诺贝尔文学奖，他成为第一个获此殊荣的非洲作家，他一生颇为广博的著作也使他赢得了"英语非洲现代剧之父"、"卓越的散文大师"等称号。
1986 年	
	有"阿拉伯小说之父"美誉的埃及作家纳吉布·马哈福兹获得诺贝尔文学奖，其代表作品也是成名作为《宫间街》三部曲。
1988 年	南非女作家纳丁–戈迪默凭借小说《七月的人民》获诺贝尔文学奖。她是南非历史上第一位获此殊荣的作家。
1991 年	大江健三郎成为继川端康成后的第二位获诺贝尔文学奖的日本作家。
1994 年	奥地利女作家耶利内克凭借小说《钢琴教师》荣获诺贝尔文学奖。

Tu vois bien que c'est la paix.
Qu'est-ceequ'on va faire?
Le pétrin où tu m'as mise!
On s'en fiche!... Vaut mieux se cacher.
Donne-moi un coup de main!
Paresseux! Séducteur!
Tortue!
Limace!